黒馬獣人の最愛攻略事情

黒馬副団長は、愛犬家令嬢をご所望です

百　門　一　新

I S S H I N　M O M O K A D O

一迅社文庫アイリス

CONTENTS

フレデリック
リディアの愛犬。手足が太くどっしりと大きい、毛量の多い大型犬。
ブレイク・ブラック
黒馬の獣人貴族であるブラック伯爵家の嫡男。二十六歳。凶暴性を秘めた黒馬の獣人。ビルスネイク公爵家直属の自警騎士団の副団長。
リディア・コリンズ
人族貴族のコリンズ男爵家の令嬢。十八歳。愛犬と今後も幸せに暮らすため、王都へ仕事探しに来た。上京して早々ブレイクに噛まれ彼の仮婚約者となった。
黒馬獣人の最愛攻略事情
黒馬副団長は、愛犬家令嬢をご所望です
characters profile

ジーク・ビルスネイク	大蛇の獣人の一族、ビルスネイク公爵家の当主。王宮騎士を統括する総督。ドSで変わり者。
シャリーローズ・ブラック	ブレイクの母親。色気溢れる妖艶な美女。
ダイル・ブラック	ブレイクの父親。ブラック伯爵家に婿入りした柔和な紳士。
フィッシャー・コリンズ	コリンズ男爵家の親戚。王都で暮らしている。
ジルベリック・ナイガー	馬種の獣人貴族。ビルスネイク公爵家直属の自警騎士団の団長。
ナイアック・アバンズ	リディアの世話係に任命された先輩騎士。獣人族でブレイクの部下。
アドリーヌ・エメネ	人族貴族。エメネ伯爵家の次女。
エミリンド・ドワイ	獣人貴族。ドワイ伯爵家の令嬢。
キャサリア・リューシュ	リューシュ家の令嬢。リディアの学生時代からの友人。
レイ	獣人族の医師。温和そうな老人。

・・・ 用語 ・・・

イリヤス王国	獣人族と人族が共存する大国。圧倒的な軍事力を持ち、防衛においては最強といわれている。
獣人	戦乱時代には最大戦力として貢献した種族。人族と共存して暮らしている。祖先は獣神と言われ、人族と結婚しても獣人族の子供が生まれるくらい血が濃く強い。家系によってルーツは様々。
仮婚約者	人族でいうところの婚約者候補のこと。獣人に《求婚痣》をつけられることによって成立。獣人は同性でも結婚可能で、一途に相手を愛する。
求婚痣	獣人が求婚者につける求婚の印。種族や一族によってその印は異なる。求婚痣は二年から三年未満で消える。
古代種	獣人のはじまりといわれる祖先に近い種族、または一族のこと。

イラストレーション◆春が野かおる

KUROUMA JYUUJIN NO SAIAI KOURYAKU JIJYOU

黒馬獣人の最愛攻略事情　黒馬副団長は、愛犬家令嬢をご所望です

序章　王都で災難に見舞われました

イリヤス王国の東部にある、田舎《いなか》のアーレン地方。

民家と農業用の建物を畑の間にぽつぽつと浮かべた平地は秋色も深まり、穀物の最後の豊作景色《けしき》を浮かべている。

とくに早朝は息が白くなるほど冷えた。リディアは厚地のストールを羽織り、手をこすり合わせて玄関の前に座っていた。

「リディアお嬢様、令嬢がそういう風に座るものではございませんわ」

「平気よ、他《ほか》の貴族の目なんてないもの」

ピンクブラウンの髪を腰下に広げたまま、リディアの翡翠《ひすい》の瞳《ひとみ》は真っすぐ門扉の方を見ている。荷物を抱えたメイドは玄関の段差で苦笑した。

「訪れがありましたら、お教えしますわ」

「いいわ、自分で待つから。それよりもお父様の方をどうにかしてあげて」

リディアは先程から騒がしくなった屋敷内を肩越しに見やった。

メイドが入るついでに開けた玄関の向こうからは、元気な犬の鳴き声と、そして父のいつもの賑《にぎ》やかな攻防の声がする。

「私に甘えられても無理だぞっ、く、来るなっ、来るんじゃない！」

「わん！　わっふわっふ」

「うわあああぁぁ！　なぜお前はいつも私のところに来るんだい!?」

どうやら〝追いかけっこ〟を始めたらしい。

楽しそうねぇと呟《つぶや》いたリディアに対して、メイドは「あぁぁ、旦那様……」と正反対の声をもらした。ひとまず請け負い屋内へと入っていく。

（予定通り進んでいれば招待状と一緒に、手紙も届くはず――）

先日、王都から戻ってきた際に郵便担当のマルセにも打ち明けていた。

彼女は心待ちにしている手紙を再び待った。

普通の貴族令嬢だと郵便屋と仲良くしているなんてないのだが、リディア達家族はこの小さな領地に寄り添って暮らしていた。

コリンズ男爵家。リディアは、そこの長女だ。

兄は幼馴染《おさななじみ》のレリア嬢と結婚して、近くの別邸で暮らしていた。現在は二家族で領地を支えて、ここ三年は父と母も生活がゆったりとしている。

頼れる兄に、尊敬していた美人の幼馴染の義姉《あね》ができてリディアも大満足だ。

（もう、私がいなくても大丈夫ね）

今年の夏に、リディアは兄が結婚を決めた十八歳を迎えた。

田舎貴族とはいえ、十八歳の立派なレディだ。地べたに座るのは許されない。

とはいえリディアは結婚の選択肢を消した。婚姻活動資金までとなると、今の男爵家に余裕はないだろう。

でもいいのだ。そもそも彼女には、もう大切なパートナーがいる。

――愛犬の【フレデリック】だ。

共に暮らせるのなら、結婚なんてしなくていい。彼と家を出て就職するつもりだった。

「おーい」

その時、リディアは声が聞こえてがばりと立ち上がった。

茶色いポニーに乗った郵便局員の中年男性マルセが、向こうから手を振ってきた。彼女は落ちそうになったストールを引っ張って、門扉まで走る。

「マルセさん、おはようございます!」

「相変わらず元気がいいですね～。ところで今日、あのわんちゃんは……」

「父が見てくれています」

門扉の前でポニーを止めたマルセがほっとする。

彼はリディアに二通の郵便物を手渡した。招待状と、手紙だ。それを認めて彼女は嬉《うれ》しそうに胸に抱いた。

「リディアお嬢様が行ってしまったら、寂しくなりますねぇ」

「時々里帰りする予定よ。フレデリックに乗ったら、すぐよ」

「ああ、そういえば彼、うちのポニーより速いですもんね」

マルセは少し帽子を上げ、ポニーを次の家へと向けて走らせた。彼とポニーから上がる白い息が遠くなっていくのを、リディアは見送った。

愛犬のフレデリックは、大きな犬だった。

いつも〝リディアを乗せて走っている〟のを領地の人々も知っているから、自立を話し聞かせた時は寂しそうに笑っていた。

(それでも応援してくれたのは、私が大切にしているのを知ってなのよね)

リディアは彼を手放したくなくて、婚活ではなく就活する。

屋敷の中へと入りながら、招待状に王宮の許可印があるのを確認する。待ちきれず早速、玄関ホールで友人からの手紙を開封した。

「……よし、よしよし！　ありがとうキャサリア！」

リディアは令嬢らしくないガッツポーズをして、思わず令嬢友達の名前を叫んだ。

彼女の友人枠で、王宮の昼食会のパーティーへ出席できる。キャサリアはペットシッターの派遣予約も押さえられたそうだ。

「さすがは商売にも長《た》けたリューシュ家ですね」

騒がしさを聞いてやってきた執事に、メイド達も同意を示す。

「伝手《つて》で招待状が取れるとは本当だったのですわねぇ。予約していた馬車会社には、確定の旨をお伝えいたしますか？」

「ええ、お願い」

リディアは、愛犬と共に王都に行く計画を立てていた。

王都には馬さえ可能というペット預かり所があるのだ。『パートナーを安心して預けられる専門店』とうたっており、大型犬も多いとは先日説明を受けた。

そこにかかる料金も考えて、愛犬のためにいい就職先をゲットしなければならない。

待っている間の寂しさもなくフレデリックに過ごしてもらえるのなら、これほどリディアにとって嬉しいことはない。

（大型犬が一番多いと言っていたから、世話にも慣れていて安心だわ）

リディアはリビングから聞こえる父の「リディアー！　私は犬とは遊べないぞー！」という悲鳴を聞きながらうんうんと頷《うなず》いた。

愛犬と共に王都に来た時も、リディアは心が希望で躍っていた。

親戚のフィッシャー夫婦は従兄弟《いとこ》と到着を歓迎してくれて、彼らが貸してくれることになっていた部屋への引っ越し作業もスムーズに済んだ。予定通りその翌日には、ペットシッターとの顔合わせもした。

なぜか彼女は、フレデリックを見て腰を抜かしていたけれど。

(とにかく、いい仕事があれば紹介してくれと自分の顔を売るのよ！)

王宮で行われる日中のパーティーへの意欲を高めていく。

紹介がないので貴族達との直交渉になる。

衣食住付きで名家の侍女にでもなれたら、愛犬と暮らす王都での家も同時に確保できるのだが田舎貴族の娘なのでそこは厳しい。

リディアは家業の書類業務も手伝っていたので、経理だってできる。

(就職先をゲットできるのなら、この際分野は選ばないわっ)

そして平日、予定されていた昼食会の日に、リディアは友人のキャサリアと王宮の会場で待ち合わせて出席した——のだが。


その瞬間のことは、いきなりすぎて記憶の前後を結びつけるのが難しい。

周りが、ひどくざわついていたのは聞こえた。

(……え、何？　何が起こっているの？)

腕に、ドクドクと血流が流れ込む熱を感じていた。

自分の腕を押さえて呆然《ぼうぜん》としているリディアの向かいには、一人の美しい男がいる。

紫がかった黒曜石みたいな艶《つや》やかで綺麗《きれい》な髪。クールで人を近付けない雰囲気をびしびしと伝えてくる切れ長の目は、アメシストだ。

無愛想にリディアを見つめてくる彼の美しい唇には、血が少しついている。

――それは、リディアの血だ。

彼女は彼に唐突に引き寄せられた。咄嗟《とっさ》に腕で庇《かば》ったら、そこを掴《つか》まれがっつり噛《か》まれてしまったのだ。

(噛んだ？　なんで？　こわっ)

いったい王都の治安はどうなっているのだ。パーティー会場で何してくれてんだコノヤローと思うものの、思考はうまく回らなくなっている。

目の前にいる男は、目がちかちかするくらい妖艶《ようえん》な美貌《びぼう》の持ち主だった。

(色気がこんなにすごい人も初めてだわ……余計くらくらするんですけど……)

いや、くらくらしているのは腕がすごく痛いせいかもしれない。

出血のせいでふらっふらになっている気がする。

その時、彼がようやくリディアが抱えている腕を見た。

「……なんで、求婚痣《あざ》がついた？」

彼は呆然とした感じだった。その目に、理性が戻っていくのが分かった。

「……す、すみません……？」

リディアは意味が分からなかった。

(普通、流血状態を聞くのでは?)

血まみれを想像して、リディアはそこを見るに見れないでいた。

そもそも、まずは謝罪が先なのではないだろうか。

(なんで私が謝っているの? 居合わせた私が悪いってこと?)

よく分からない。彼の目が獣みたいな煌《きら》めきを放っていて、王都にたくさんいる獣人族の一人なのは理解できた。

それから順調だった計画が、彼のせいで破綻したこと。

リディアは突如現れたこのド変態のせいで、自分の就職活動を台無しにされたのだと悟った。

(噛んどいて謝罪もなしとか、なんてイケメンだ)

いや、そうではなく。

痛みと熱で朦朧《もうろう》として、ふらりと身体《からだ》が揺れた。

(ああ、痛い。もう、無理――)

キャサリアの悲鳴が聞こえた。

それが離れていく意識と共に遠くなっていくのを聞きながら、リディアはぶっ倒れた。

一章　黒馬獣人と厄介《やっかい》な出会いをしました

愛犬の名前は、フレデリックだ。

拾った時は山で雨に打たれて小さく震えていて……とても軽い彼を、リディアは迷わず胸に抱えて走って帰った。

真っ白い身体《からだ》に、グレーの柄《がら》をかぶったふわふわの可愛《かわい》い犬だ。

小さい頃《ころ》から力が強くて、作物に大打撃を与えた豪雨の時には、対策をしていた際に川へ落ちて流されかけた領民を救ってくれた。

彼は手伝いも好きで、あっという間にみんなのヒーローになった。

ちょっと大きめだけど可愛いわんちゃんだと、リディアと一緒になって愛してくれた。

(そう、まさかあんなにぐんぐん大きくなっていくなんて)

小さなコリンズ男爵家で面倒を見続けるのは難しいと、年々リディアも家計の事情を考えるようになった。

でも、家族である彼を手放すなんて考えられない。

『リディア、お前は家族として迎え入れる時に、最後まで責任を持って面倒を見るとパパに約束したね？　自分の気持ちに従っていいんだよ』

そう父に言われてリディアは決心できた。

『私、結婚しないで就職したいの。……フレデリックとずっと暮らすために、いい？』

十八歳になって成人したら、家を出る。

結婚してくれることを望んでいる父に相談するのは、心苦しかった。

『ふふっ、ずっと思い悩んでいたのかい？　パパ達はリディアが望むことなら、応援するに決まっているだろう』

父は悲しそうな顔で笑って、フレデリックを愛《いと》おしそうに撫《な》でていた。

彼は王都で暮らす親戚フィッシャー・コリンズ一家に協力を求めた。誕生日会で一泊した夜、フィッシャーは先代が趣味の音楽のため増改築した部屋があり、食費分の足しになるくらいの家賃でしばらく提供してもいいと説明した。

『秋まで時間をくれれば家具も揃《そろ》えられると思う。この大きなわんちゃん……わんちゃん、うん……彼も十分入るスペースだよ』

『どうしたフィッシャー？』

『いや、バラグ兄さん達が何も感じていないのなら、言ってもなぁ、とか……うん』

フィッシャーは一人で暮らしていけるのか心配していた。

フレデリックは大きくなってからリディアを乗せて移動してくれているし、王都に行っても引き続き馬車は必要ない。

親戚のもとからも独り立ちしたら一人と一頭、支え合って生きていくつもりだ。

(私の、可愛い愛犬)

出会った時フレデリックは本当に小さくて、ふわっふわっの走る羽毛みたいだった。

大きくなった今でも甘えるのが大好きで、出掛けてくるといって預けたペットシッターのそばでお座りしていた姿は世界で一番可愛い——。


——ハッとリディアは目を覚ました。

「これ走馬灯では!?」

カッと目を見開くと、目に飛び込んできたのは見知らぬ診察室だった。

「えっ、走馬灯を見ていたんですかっ？」

診断書に書き込みをしていた若い医者が、びっくりして見つめ返してくる。

リディアは、目をぱちくりとした。

「……ここ、どこ？」

つい先程までパーティー会場にいたはずなのに。

そう考えていると、若い医者が「大丈夫ですか？」と言いながら、おそるおそる覗《のぞ》き込んでくる。彼女はハタと思い出した。

「大丈夫じゃないわ！」

「おわぁ!?」

がばりと上体を起こしたリディアの顔面を、若い医者が飛びのいて避ける。

「私、パーティー会場でおかしな男に噛《か》まれたの！」

リディアは腕の包帯を確認し、それを見せながら経緯を怒涛《どとう》のように語った。

彼は「はあ」と気の抜けた相槌《あいづち》を繰り返していた。

「あなたを噛んだというのは、『獣人貴族、ブラック伯爵家のブレイク・ブラック』様ですね。あなたを診たのは別の医者で、僕はカシム・ディーン。会場から近いこのボルベッド病院の医師の一人で、あなたの経過観察などを引き継ぎました」

彼が診断書をめくってさらさらと説明した。

「待って。なんで名前まで診断書に書いてあるんですか？」

「必要だからですよ。ですから、担当医のレイ様が」

ぽかんと口を開けたリディアに気付いて、カシムも目を丸くする。

「そうか、なるほど。君は田舎《いなか》出身だから分からなかったんですね。うん、あれは襲われたのではなくて、獣人族の〝求愛〟です」

「……はい？」

「獣人族は獣の本能を持っていて、噛んで、求愛します。浅ければ目の前で塞《ふさ》がってしまうほどの速さで傷は完治します。包帯を替える際に確認しましたが、発覚から二時間、もう傷は完全に塞がっていますし痛みはかなり減ったかと」

促されてリディアは自分の腕を見下ろす。日中パーティー用ドレスの半袖の下から出ている細い腕には、包帯が巻かれている。

(減ったっていうけど、動かすとずきずきして痛い……しかも利き腕……)

謝りもしなかったイケメンを思い出して、怒りが込み上げる。

「あの、これが求愛とか冗談でしょ――」

「たまにある〝事故〟だったのなら、もしかしたら本人はそのつもりじゃなかったかもしれませんねぇ。ブラック伯爵家の嫡男であるブレイク様は、二十代になっても縁談に興味がなく、仕事中毒だという噂《うわさ》があるようですし」

迷惑極まりないと思っていたら、本当にそうだった。

つまり自分は、獣人族特有の暴走とやらで噛まれただけなのだ。

(なんて不運……)

相手は格上の伯爵家だ。カシムの反応からしても、王都ではよくあるっぽい。

つまるところ泣き寝入りにしかならないのは理解した。せっかくの就職活動のチャンスを逃すとか、ついてない。

「あー、分かりました。傷も塞がっているのなら帰ります」

治療代くらいは相手の貴族が払っているだろう。

二時間も経《た》っていたら昼食会のパーティーはとっくに終わっている。

そう思いながらベッドから下りようとしたら、カシムが慌ててリディアをそこに座らせたままにした。

「ちょっと待ってくださいっ。求婚痣《あざ》の説明をさせてください」

「求婚痣……？」

正直、動くたびずきずきと主張してくる腕のせいか、熱っぽくて頭が回らないのだ。

リディアがゆっくり顔を顰《しか》める間にも、彼が腕の包帯を一度緩めた。

「これが求婚痣になります」

リディアは驚いた。傷があるはずの痛む場所には、複雑に線が絡み合った大きな黒い紋様があった。馬のたてがみのような柄だ。

「これ、痣なの？　てっきり王都の貴族の流行《はや》りのレースだと……」

「そんな風に思っていたんですか？　あまりこっちの社交界にも出ないんですねぇ。これは肌に直《じか》についているものですよ」

獣人族が噛むのは、この〝求婚痣〟をつけるためであるらしい。

それは求愛と呼ばれているもので、彼らの本能だ。都会では手の甲に多く見られるという。

(なるほど、それが作法で、私の場合は事故で腕にガブリといかれただけなわけね)

実感して再びがっくりときた。

本能というのなら仕方がない。リディアも愛犬と暮らしていて、強制するのではなく折り合いをつけて共存するものだとは分かっている。

「あー、分かりました。熱さましとか痛み止めの薬は出ます？」

「もちろんですっ、深く噛まれていますから一晩は苦しいと思います」

カシムが慌ててサイドテーブルから薬の袋を取って、リディアに渡した。

「あの、ですが、説明はまだ終わっていなくてですね」

「二時間もここにいたのに、これ以上は無理です！　私の大切な愛犬がっ、初めて暮らす家で不安に思いながら私を待ってくれているので、帰ります！」

歩くと傷が塞がったとは思えないくらい痛かったが、引き留められてたまるかと思ってリディアは根性と精神力で出口を目指す。

するとカシムが机に置かれていた茶封筒を取りに走った。

「せめてこれも持って帰ってください」

出る直前、腕を気遣われながら優しく利き手ではない手に持たされた。

「求婚痣を確認されたことの診断書や、必要な書類一式が揃《そろ》っています。獣人法によって求婚痣を確認した申請医師の名前も書いてあります。あなたを診たのは竜種のレイ様です。何かあれば担当した彼にご相談を――」

竜種？　と思ったものの、動いたせいで腕がつらかった。

人前で弱いところは見せたくない。リディアは礼を告げて、そこを出た。

◆

馬車を呼び止め、親戚の屋敷に戻った。

フィッシャーはキャサリアから話を聞いたようで、家族と心配して待っていた。歩いて玄関をくぐってきたリディアにほっとしていた。

だが話を聞いて安堵《あんど》すると同時に、彼も、彼の妻のナンシー・コリンズも神妙な空気を漂わせた。屋敷の執事達もなんだか変な空気になる。

「どうかしたんですか？」

「あー……いや、バラグにどう報告したものかと……」

彼のそばで、二歳年上の従兄弟《いとこ》のフィルも妙な顔をしている。

(なんなのかしら)

リディアの方は、平気を装っているだけでかなり体調がきつかった。

視線を落とすだけで頭の中がぐらぐらと揺れる。けれど強がって表に出さないのが彼女だ。

「フレデリックは？」

青い顔に笑みを浮かべたリディアを見て、フィッシャーは小さく息をもらす。

「ペットシッターが庭先で相手をしてくれている。アルド、頼む」

「かしこまりました、旦那様」

執事が頭を下げて去る。

ペットシッターのことは対応しておくようだ。まずは着替えましょうとナンシーに勧められ、リディアは支度部屋でありがたく彼女のメイド達の手を借りた。

腕の包帯に気を付けながら、間もなく動きやすい服に着替え終わる。

出てみると、床に突っ伏しているフィルとフレデリックがいた。

「あら、フィル兄様、面白い遊びをしているのね」

正確に言うと、リードを持ったまま引っ張られて大の男が床の上を滑っている。

「お前疲れすぎているだろうっ、俺《おれ》が身体を張ってジョークを飛ばそうとしているとでも!?」

声がきんきん頭に響いてつらい。

意地を張って立っているとはいえ、とにかくベッドで横になりたくてたまらなかった。

「わんっ！」

フレデリックがぐんっとリードを引いた。フィルが「ひぇ」と言って手を離し、執事が「ここで放牧しない！」と妙なことを言っている。

(たぶん、みんな疲れているのね)

リディアは回らない頭でそう思った。やや背を屈《かが》めて、両手を広げて愛しい犬を待つ。

「フレデリックただいま！　会いたかったわっ、いい子にしてた？」

「わん！」

一人と一頭が触れ合う直前、まさに感動の再会の二秒前。

フィッシャーが悲惨な光景を覚悟して「うわぁあぁ」と目を塞いだ。フィルが合掌《がっしょう》し、ナンシーが口元を両手で押さえ、執事達も蒼白《そうはく》で佇《たたず》む。

リディアは飛び込む直前にお座りをした愛犬を、ぎゅっと抱き締めた。

「あー、ただいま！　もふもふ、ふわふわで癒《いや》されるわ～」

「わふっ、わっふん！」

お座りしたフレデリックが、誇らしげに胸を張って尻尾《しっぽ》をぼふぼふ振っている。

フレデリックは、座っていてもかなり頭の位置が高かった。顔や胸は白くて、頭から背中を覆うようにかかっているグレーの柄のダブルコート。毛並みはふわふわで、手が埋まるほどボリュームがある。

「フィッシャーおじ様、私の愛犬を見てくれてありがとうございます」

「いや、うん、ペットシッターがいたし私も昔は何匹か飼っていたが……でも、その、それ犬なのかい？　初めて見る形というか、やたらもっふもふというか……」

「犬ですよ？　少し大きめのわんちゃんです」

「少し、大きめ……」

フィッシャーが絶句する。

「それでは、私は先に休ませていただきますね」

リディアは「おいで、フレデリック」と呼び、共に歩き出した。

（ああお願い私の身体、部屋に入るまではしっかり歩くのよっ）

親戚達が目で追うのを感じて部屋まで気が抜けない。するとフレデリックが隣にぴったり寄り添い、支えてくれたのを感じて感動した。

（なんてイケメンでできる犬なの、ウチの愛犬は！）

ようやく、真っすぐ進んだ先の宿泊部屋に辿《たど》り着いた。

「――ふぅ」

扉を開け、フレデリックと入室したところで張っていた気を解いた。

元々はサンルームで、円形状の室内面積にその名残《なごり》が見られた。中央が広くて、ベッドと最小限の家具が周囲に配置されている。できるだけ愛犬がくつろげるスペースを確保したかったリディアには、有難い部屋だった。

リディアは誘われるようにベッドにうつ伏せに倒れ込んだ。

（うぅ、痛いわ……）

傷はもうないのに、噛まれた時の痛みがずきずきと戻ってくる気がした。どうにか薬を取り出して口で噛み砕く。

（あれ、都会の薬って水なしでいけるのもあったかしら）

粒錠は基本的に噛み砕くイメージがあったが、まぁ飲めたのでよしとする。

フレデリックがそばに寄ってきて、ベッドに両足を上げた。

「ん。いい子ねフレデリック、よしよし」

リディアは彼のもふもふの頭を撫でながら、会場での出来事を振り返る——。


——約三時間前の、正午前。

リディアは王宮のパーティー会場で、令嬢友達のキャサリア・リューシュと合流した。彼女は郊外の淑女学校で出会えた、数少ない気の合う友人の一人だった。

『就職の伝手《つて》まではなくて、ごめんね』

『ううんっ、今回は本当に色々とありがとう！　助かったわ』

他《ほか》の友人達も参加していると知って、まずは先に顔を見せてこようかと彼女とお喋《しゃべ》りを楽しみながら会場内を歩いた。

『ところで、彼は元気？　いつもべったりだったから抜けられるか少し心配したわ』

『こういう時は一人で行かせてくれるわよ。賢いもの』

『ふふふ、どちらかと言えば、あなたが彼に夢中だったわね』

『フレデリックが寂しがらないためにも、早めに帰れるように頑張るわ』

そんな会話の直後に、事件が起こったのだ。

誰《だれ》かが人混みから飛び出してきた。振り返ったリディアは、綺麗《きれい》なアメシスト色の獣みたいな目と視線がぶつかった。

端正な美しい顔をした男だった。初めて、男にくらくらした。

(な、なんという色気……)

そうしたら手を掴《つか》まれて普通ではない様子で詰め寄られた。咄嗟《とっさ》に手を払い、身を庇《かば》ったらその利き手を掴まれて――。

次の瞬間、がぶり、といかれていたのだ。

リディアは、謝罪をしなかった紳士を思い出してむかむかした。

こっちは痛い思いをしたうえに、就活の機会を取り逃がしてしまった。ほんと、なんて不運だろうか。

(まあ、二度と会わない相手のことは、もういいか……)

フレデリックがベッドに乗ってきた。どっしんとベッドマットが揺れ、彼がリディアの隣を確保して「むふーっ」と満足そうに息を吐く。

もう見ているだけで癒される。そのもふもふボディには眠気を誘われた。

「おやすみ、私の可愛いフレデリック……」

リディアは愛犬にぎゅっと身を寄せ、温かさで一気に眠りに落ちた。

◆

二度と会わない相手なのだから、もう関係ない。

そう思っていた翌日、リディアは朝食後に玄関で妖艶《ようえん》な美女と対面を果たしていた。

「…………」

大慌ての執事に呼ばれたものの、沈黙してしまったのは色気たっぷりの知らない美女だったからだ。艶《つや》がある紫がかった黒に近い色の髪に、小さな茶会帽子が似合う。

(どこかで見た髪色のような……)

その貴婦人は、レースもたっぷりの高価なドレスに身を包んでいた。一見して上流階級の貴族だと分かる。

玄関前には一等馬車が停まっており、彼女の日傘を持った執事までいる。

格が高すぎる貴族の相手なんて怖すぎる。フィッシャーとナンシーも、リビングの出入り口から大変気にして見ていた。

「あの、私がリディア・コリンズでございますが、貴婦人様はどちらの――」

戸惑いながら声を出したら、貴婦人が手袋をした手をぱーんっと叩《たた》いて、リディアはびっくりした。

「あなたがリディアさんね！　会えて嬉《うれ》しいわ！　ごめんなさいね、翡翠《ひすい》の目もとても可愛らしくてつい見つめてしまっていたわ。はじめまして、わたくしブラック伯爵家のシャリーローズ・ブラックよ。昨日息子とお会いしたでしょう？　そのブレイクの母なの」

リディアは『ブレイク』と必死に頭の中で繰り返した。

（そんなの直近で聞いたっけ？）

よく思い出せない。というより、詰め寄ってくるシャリーローズは長い睫毛《まつげ》をした目まで色気むんむんで、リディアはくらくらしていた。

「す、すみません、色気がものすごくてちょっと刺激が強――」

「まあまあ反応も可愛らしいこと！　早速だけれど用件を言うわね、うちの子との仮婚約おめでとう！　あなたが一人目よ。もうこのまま婚約しちゃいましょう？」

「え」

「もうね、ようやくあの子に春が訪れたのが嬉しくって。娘が欲しかったのよねぇ」

何やらシャリーローズが喜々として語っているが、リディアは事情がいまいち呑《の》み込めなかった。

なぜかお色気マックスの美女が自分を訪ねてきた。

妖艶かと思ったら、人懐《ひとなつ》こくて口を挟む暇がないくらい喋ってもくる。

（それで、婚約？　……婚約って今言った⁉）

その時、執事が出てきてシャリーローズを少し下げた。

「申し訳ございませんでした。考え事をするには難しかったことと存じます。異性、同性問わずノックアウトしてしまうのが奥様でございます。奥様は種族が馬のうえ、馬界一の色気で知られるブラック家ご当主様ですので、仕方ないことです」

「馬？　というか、私の頭がぐわんぐわんしていたのは……」

「くらくらするのは、色気で意識が落とされる前の兆候にございます」

「何それ、怖い」

さっと自分も後退した際、リディアはようやくピンときた。

（あっ、ブレイクって昨日聞いた名前だわ！）

若い医者が告げた、リディアを噛んだあの失礼な紳士の名前だ。

「うふふ、うちの子を思い出せた？」

「は、はい」

「それで婚約の件なのだけれど――あら」

リディアはさらに後退すると、素早く扉に手をかけた。

「すみません、考える時間をください」

そう告げていったん扉を閉めた。

後ろからフィッシャー達の「何ぃぃいいい⁉」という煩《うるさ》い声が聞こえてきた。

「リ、リディアなんて失礼なことをっ」

「もう困惑しすぎて無理ですっ。痛みにうなされて一晩明けたら、壮絶な美女が訪ねてきて仮の婚約だとか色々と言って、悩殺されそうになって……」

「リディア、落ち着きなさい。彼女はお前を悩殺しにきたわけではない」

駆け寄ったフィッシャーが言う。

「彼女がいらしたのは仮婚約のご挨拶《あいさつ》だ」

「……婚約？」

そもそも、困惑しているのはそこだ。するとと彼がハッとする。

「もしかして知らない？　手続きの際に担当医に相談とかしなかったのかいっ？」

「手続きって？」

「え、えええ、おじさん不安になってきた……」

私室で待っていたフレデリックが、扉をどーんっと押し開けて飛び出してきた。

ナンシーと使用人達が悲鳴を上げた。執事が「ここは私がっ」と言って、真っ向からフレデリックを受け止めにかかる。

フレデリックが『遊んでくれるの⁉』とそちらに方向を変えるのをリディアは見た。

「リディア、私の話を聞きなさい。大事なことだ、いいね？」

「あ、はい。聞いています」

肩を掴んだフィッシャーの後ろで、執事がフレデリックに押し潰《つぶ》されていた。

「獣人族は求婚痣をつけて求愛する、それは説明されたか？」

「え、ええ、聞いたけど……」

「つまり求婚痣がついたら、その人の仮婚約者になるんだ」

「は？」

「獣人族は人族貴族の婚約の仕方と違い、仮婚約した当人の了承があればスムーズに婚約へと移行されるようになっているんだよ」

リディアは、あんぐりと口を開けた。

その時、少し外出してくると言っていたフィルが帰ってきた。

「さっきすごい高級の黒塗り馬車とすれちがったんだけど……なんか状況がカオス……リディア、ひとまず女性がそんな顔をするものじゃないと思うな」

フィルが帽子を取りながらそう指摘した。


リディアはフィッシャーから手短に説明を聞いたのち、フレデリックを頼んで外へ出た。

目指すは、昨日もらった書類で確認した『レイ』という獣人族の担当医の事務所だ。

（婚約者候補って何？　アホなの!?）

噛まれて痣がついたら、自動的に仮婚約者——になるらしい。

事故で噛みつかれただけなのに、納得いかない。

(話を聞かなかった私も悪かったけどっ)

説明は義務だとか。よほどの事情があれば特殊な申請などできたのではないだろうかと、
フィッシャーは可能性を述べていた。

とにかく、求婚痣を診察して申請を出したという担当医のレイだ。

書類に記されていた事務所の住所は、屋敷から近かった。

(彼に話して、どうにかしてもらおうっ)

リディアは街中を猛ダッシュで駆けて、その住所を目指した。

かなりの人が目で追いかけていったが今は、令嬢云々《うんぬん》を気にしているどころではないのだ。

事務所は三階建てで立派だった。個人の事務所というわけではないのだろうかと疑問に思いながら、表札を確認して扉を開ける。

その途端、何人もの医師が行き交っている光景に驚いた。

「おや、レディ、何かご用ですか?」

「あ、あの、こちらはレイ医師様の事務所で合っていますか?」

「合っていますよ。医師組合の王都支部にもなっています。最上階が事務所になっていますので、どうぞ」

日頃みんな気楽に訪ねているので、大丈夫だと言われた。

かなり偉いお医者様なのではないかという気がした。しかし緊急案件なので、リディアはその医者の『どうぞ』を信じて階段を上がる。

三階に上がってすぐ扉があった。ノックしてみると、返事があった。

「あ、あのっ、あなたがレイ医師様ですか？」

「そんな堅苦しい切り出し方しなくていいよ～」

中に入ってみると、薄いアッシュグレーがかった白髪をした老人が執務机にいた。細身で身長があり、明るい色の獣目をしている。

「君は患者だね。昨日、僕が見た一人だ」

「は、はい、そうです」

「それで、今日はどんな用かな？　質問があるのなら聞くよ」

青年みたいな若い口ぶりで言葉が返ってきて、戸惑う。

おいでおいでと机の前に手招きをされてしまい、リディアは彼の前に立つと昨日起こったことと来訪の用件を話した。

「なるほど、なるほど。仮婚約をどうにかしたいという話だね。でもねぇ、獣人法で決まっているんだよ」

レイが手を組み、革製の長椅子に背を預けた。

「求婚痣を持ったら仮婚約者として登録される。獣人族が仮婚約をするのは、法律がどうのと言う以前に相性が――」

「私には関係ありませんっ」

「あっははは、断言できるのもすごい。でもいくら頼まれたって、無理なものは無理なの。一度申請したものは、求婚痣が消えない限りは取り下げることはできない。君は昨日とくに何も問題ないとして帰ったわけだろう？」

痛いところを突かれてしまった。

「……いちおう消えはするんですね。なら、消えてから出直します」

「消えたら本人か家族が申告すれば解消できるよ。けどね、噛まれた度合いで期間は変わるよ？」

背を向けた途端、気になる言い方をされてリディアは足を止めた。

「……ちなみに、私のはどのくらいで消えるか分かりますか？」

「君のものを診察した感じだと、一年半かな」

「一年半!?」

「そう驚くことかな、最長は三年だよ」

「いやいやいやっ、それまで私、なんだっけ、急に言われても名前が出てこないっ……あの噛みつき男の婚約者候補とやらでいなくちゃいけないの!?」

「ブラック家ね。そこの、ブレイク君だよ」

どうでもいい。伯爵家の嫡男と顔を合わせる機会は、もうない。

（あいつが私の最高の就活舞台をぶち壊しに……っ）

貴族同士の直接交渉と顔の売り込みができる大きなパーティーなんて、男爵家のリディアに用意できるはずがない。

朝一番に美女が押しかけて来た。不安要素である。

期待していた就活の機会を失ったので、必死に就職先を探さないといけないのだ。巻き込みだけは勘弁して欲しい。

「はっ、それならお医者様の方から『婚約者には絶対にならない』と伯爵家に伝えてください！　さっき伯爵夫人が来たんです！」

「え～、無茶を言うねぇ。それ獣人法に反する――」

「そんなの知りませんっ！　私、仕事で生きていくと決めたので就職する必要があるんですよっ。とにかくお願いしますね！」

来たけど意味がなかった。リディアはショックを受けつつ出口を目指す。愛犬をフィッシャーにずっと任せてはいけない。

（うぅっ、お医者様のせいじゃないのにひどい捨て台詞《ゼリフ》だわ！）

罪悪感もあって気分は最悪だ。けれど失礼な捨て台詞をしたのに、レイは面白そうに眺めているだけだ。

不思議に思って一度振り返ろうとした時、リディアはドアノブを握っていた。力が入って扉が開く。すると、少し隙間《すきま》ができたところで何かに当たった。

「ん？」

なんだろうと思っていると、扉の前に立っていたらしい人がずれた。リディアが中途半端に開いている扉を掴んで開かせる。

そこにいたのは、忘れもしない昨日パーティー会場にいた美しい男だった。

紫が混じったような黒に近い髪と、アメシスト色の獣みたいな目。立っているだけなのに、むんむんと出ているような色気だ。

彼は、愛想の欠片《かけら》もない綺麗すぎる顔で見下ろしてくる。

「か、噛みつき男……なんでここにいるの？」

リディアは口をぱくぱくとした。思わず震える手で指を差す。

「ブレイクだ」

「……はい？」

「僕は『噛みつき男』という名前ではない、ブレイク・ブラックだ」

そういえば伯爵家の跡取りだった。

それもあって彼の母親は、リディアに婚約なんてとんでもない提案をしてきたのだろう。

「はぁ。私はコリンズ男爵家のリディア・コリンズと申します」

ひとまず、呆然と考えつつ挨拶を述べる。

「ブラック伯爵家のご嫡男様におかれましては、ごきげんよう。それで、ブラック様はどうしてこちらに――」

「君は頭が悪いのか？」

「は？」

ピキ、とリディアは怒りに着火されるのを感じた。レイが二人のやりとりを注目している。

「僕は『ブレイク』と先に名乗っただろう」

「あ、あーなるほど、そうですか。ですがそんな遠回しで名前呼びなんて、汲み取れませんわ。呼べませんしね。相手がどんな失礼な男だろうとっ」

「そういう風に喋られる方が気持ち悪い」

「……あ？」

「獣人族は耳がいい。中の会話が聞こえていた、不慣れで気持ちが悪い」

この男、あろうことかまた『気持ち悪い』と言いやがった。

「……ブレイク様、そもそもどうしてあなたがここにいるんですか？」

こめかみに青筋を浮かべながら笑顔で凄《すご》む。

すると、なぜかすぅっと冷たく睨《にら》まれた。

「『ブレイク』でいい。それから敬語もやめろ、レイ医師に対しても不遜な言い方だっただろう。聞いているとなんだかムカムカする」

「それどういう言い分⁉」

もう我慢ができなくなった。

失礼な男なのに、こらえて対応したらこの仕打ちだ。見守っているレイは口を挟む気はないらしく、執務机で笑いを殺していた。

「なんて失礼な男なの！　あんたなんか、ブレイクで十分だわ！」

リディアは指を突きつけた。ブレイクが小さく頷《うなず》く。

「そうか」

「えぇぇ、『そうか』って……で、なんで来たの？」

この話し方でいいみたいだと首を捻《ひね》りつつ、尋ねたらブレイクが黙り込んだ。

(なんでここにいるのかも意味不明なんですけど？)

噛んだ謝罪もないうえに、この態度だ。

そもそも昨日、リディアは腕の痛みに苦しんだ。そのうえ今回の仮婚約だ。

「あのね、私、はっきりしない人は嫌いなの。そもそもあなたも仮婚約したくないわけで

――」

「嫌だと思っている」

急に、彼がはっきりと言ってきた。

「僕は誰とも仮婚約するつもりはない」

それを聞いて、リディアはすーっと気持ちが冷たくなるのを感じた。

彼も仮婚約は望んでいない。つまりコレは〝事故〟で確定だ。とすると同じく断るためにでもここに来たのだろう。

当日ではなく、後日に来たってもう何も変えられないのにこの男ときたら――。

「レイ医師と話す用があるんだったら、勝手にどうぞ」

リディアは、嫌味っぽく室内を示した。

相手は伯爵家だ。喧嘩《けんか》を売っても勝ち目はないし、獣人法とやらで無理だとレイは言うし、ここはもう割り切ることにした。

言わなければ誰にもバレないだろうし、ブレイクも望んでいないのなら彼の母親が再び婚約へ進めようと提案してくることだってないはず。

「『私には関係ない』、か……」

「は？」

考えていたリディアが顰め面を上げると、彼も眉間《みけん》の皺《しわ》を深める。

「別に。僕にも関係がないことだ」

噛んだ張本人はあなただけど、とリディアはこめかみが切れそうになるのを感じた。

「あなたの気持ちは、よぉく分かったわ。私のことが大嫌いなのもねっ」

「待て、僕がいつそんなことを言った」

「とにかくどいてちょうだい。そこに立たれたら私が出られないでしょ」

レイに改めて退出の挨拶をする余裕なんてなかった。せめてもの仕返しだと思って、伯爵家の嫡男であるブレイクに肩をぶつけて道を開けさせる。

そのまま彼の脇をすり抜けた。しかし大股で歩き出した途端、持ち上げたドレスが間に合わずブーツが引っかかって、躓《つまず》いた。

「うわっ」

その瞬間、横から長い腕が回ってきた。前のめりになって倒れかけたリディアの身体がたくましい男の腕に支えられる。

「大丈夫か」

「え、ええ、なんとか……」

助けてくれたのはブレイクだった。見上げた拍子に気遣う目とぶつかって、リディアはびっくりした。

というか意外性に触れた直後、近くから見た彼の顔面にくらっとした。

（……忘れてた、この男、無意識に悩殺する美女の息子だった！）

不機嫌な顔をしていないと、色気がものすごい。ただの無表情だった場合、どうやら色気が倍増してダダ漏れてくるようだ。

「あの、ありがとう」

とにかく速《すみ》やかにと思って、リディアは彼からそっと離れる。戸惑いながら礼を告げた彼女は、続いて一目散に階段を目指した。

二章　噛《か》まれたせいで面倒なことに巻き込まれました

兎《と》にも角《かく》にも就職先が必要だ。

リビングの大きなテーブルを借りたリディアは、頬杖《ほおづえ》をついたまま何十枚目かの広告と睨《にら》み合う。けれど、間もなく溜息《ためいき》を落とした。

「はぁ……なかなかハードルが高い……」

昨日、帰宅がてらちゃっかり就職の求人広告を集めてきた。ペット預かり所の契約金もまかなえる給料で、と絞り込むと途端にハードルが上がる。

「やっぱり王都だと、どこもちゃんとした保証人みたいなのが必要になるのねぇ」

今、フレデリックは二階の日当たりがいい図書室でフィッシャーと眠っていた。散歩から戻った後、彼が求人広告を見る時間を作ってくれたのだ。

『ふかふかで夢見心地でなぁ、一緒だと私も昼寝ができるんだ』

当初は苦手なのかしらと心配したが、触れ合う時間のなさが問題だったようだ。

フィッシャー・コリンズ家での居候《いそうろう》暮らしが始まって数日、愛犬と仲良くなってくれてリディアは嬉《うれ》しい。

ナンシーが社交から戻るまでには、リビングも元通りにしておきたいところだ。

「どこかの事務作業とかなら、一番自信あるのになぁ」

「リディアお嬢様、ご令嬢ですしそのような専門職に就かれるのはどうかと」

仕事をしていたメイド達が、足を止めて見てきた。

「外に出ると『風変わり』だとはよく言われるもの。何が変わってるのかさっぱりだけど」

「昔から変わりませんな」

渋みのある男性の声がして、リディアは「あ」と振り返る。

ソファの後ろから「失礼」と言って、フィッシャー・コリンズ家の執事アルドが覗《のぞ》いていた。

「あなた様は正直で心に響きますから、それでよいかと。あなた様がいるところは賑《にぎ》やかになりますからね。早速ですがまたお嬢様指名で訪問者がおります」

昨日訪問を受けたばかりなので、不安が襲ってきた。

ひとまず二階で休んでいるフィッシャーに迷惑はかけたくないので、アルドと玄関に向かう。

「おぉっ、あなたが『リディア・コリンズ』様ですか！」

玄関ホールを見た途端、リディアはリビングに戻りたくなった。

そこには八名の騎士達がいた。礼装に近い白と黒を基調とした制服のデザインから、恐らくいいところの自宅警備団員だろう。

もう、いいところの家、でリディアは避けたく思った。

「私がリディア・コリンズですが、どうぞお帰りください」

本音から先手を打ったら、アルドが後ろから「お嬢様っ」とツッコミしてきた。だが男達は笑顔を輝かせて詰め寄ってきた。

「はじめまして！　お会いできて嬉しいです！」

「あれ、私の声聞こえてなかった？　なかったことにされてる？」

「俺達は、分かりやすく言うとあなたの仮婚約者である、ブレイク様の部下になります！」

（――また『ブレイク』か！）

その時、ブレイクの部下達が一斉にビシッと整列し、リディアはビクッとした。

「このたびはお嬢様を〝仕事のスカウト〟にきました！　ちなみに団長命令っす！」

「は……？」

その団長やらとも面識はないのだが、と困惑に加え疑問まで増えた。

「いったいなんのために、と思っていることでしょうが俺達には死活問題でして」

「私の心でも読んだの？」

「俺はただの犬種の獣人族です！　なんとなく勘が働くだけで心は読めません！」

馬鹿正直にそう答えた彼に、リディアはきゅんっときた。

「たしかに犬っぽいわ……」

「え？　犬への特別視すごくありません？　初めて友好的な目をされた」

「おい、ほだされるな犬。とにかく話を聞いてください――先輩、いえ班長お願いします！」

彼らが揃《そろ》って示し、アッシュブルーの髪をした騎士が前に進み出てきた。

「ナイアック・アバンズです、お初にお目にかかります」

「はぁ、これはご丁寧《ていねい》にどうも……」

彼が騎士の一礼をしたので、つられてリディアも頭を下げた。

「実は副団長の色気がすごすぎて、誰《だれ》もそばで仕事できないんです。文官を雇おうにも面接の時点でことごとく悩殺されて意識を失い、新規を雇うのは無理だと思っていたところに現れたのが、あなたです」

「待って。その『副団長』って誰なの」

「あ、ブレイク様です。部下の中で事務まで加勢できるのは私くらいなものでして、私の仕事量はどんどん増えるし秋の繁忙期に死ぬのでは？　と考えていたところ、副団長に全然平気な令嬢がパーティーに現れたと聞いて、これはもう採用するしかないなと団長もおっしゃっていて」

そんな素性も分からない令嬢を採用しようと思わないでいただきたい。

ナイアックの苦労話は切実だが、リディアは逃げることを考えた。その途端、犬種だと口にしていた彼に捕獲された。

「はっ、この、犬！」

「犬ではなくて人間ですけど、勘が働きました！　お嬢様にはぜひっ、我が自警騎士団の執務の補佐官をお願いしたく！」

「は、……はあああああ!?」

するると、周りの騎士達が一緒になってリディアを担《かつ》ぎ上げた。

「補佐官ゲットー！」

「助かったー！」

「団長がお待ちなので、まずは職業説明を聞いて欲しいっス！」

「すごいっ、誰も私の話聞いてない！　私まだ行くとも言っていないのに！」

使用人達が遠巻きに見ている。

降ろせと言うのに全然聞いてくれなくて、ナイアックが先頭を歩き、騎士達が担ぎ上げたまま外へ向かう。アルドが見送りのため続いた。

「リディアお嬢様、行ってらっしゃいませ。職業説明を早速お聞きになれるようでよかったですね。愛犬はお任せください」

「見送るんじゃなくて止めて！」

「あっ、お嬢様は犬を飼ってるんですねっ。愛犬ちゃんのおやつ代も稼げますし、ぜひ！」

「仮婚約者なのでちょうどいいと思いますよ。同じ職場だと、獣人法で定められている手紙も茶会での顔合わせ時間の交流義務も免除されますし」

「獣人法、めんどくさいわねぇ！」

ナイアックのにこやかな説明に対して、リディアは本気で王都の獣人法が嫌になった。

屋敷の前には、装甲が強化された大型馬車が停まっていた。やはり軍というより貴族の高級馬車だ。

家紋が描かれていたけれど、乗せられる一瞬しか見えなかった。

「ね、ねぇ、あなた達ってどこの家の騎士達なの？」

多い座席に座らされた途端、馬車が早速動き出してしまった。

隣に腰を下ろしたナイアックが、人のよさそうな目を向けてくる。

（あ……全員、獣みたいな目）

リディアは今になって気付いた。にこやかに見つめてくる彼らの人懐《ひとなつ》っこそうな瞳《ひとみ》は、どれも同じ獣感が漂っていた。

「俺達は蛇公爵、ビルスネイク公爵家の自警騎士団ですよ」

自宅警備だ。大貴族となると警備枠の組織も構えているところは多い。ブレイクはそこの副団長のようだ。

（まさかの公爵家……蛇、というと獣人貴族なのかしら？）

獣人族は戦闘種族だとは聞いていたが、王都ではいいところの家の騎士としても獣人族が活躍しているようだ。

公爵家所属となると、身元もしっかりとした貴族籍出身も多いだろう。

屋敷に置いてきた愛犬を心配に思いつつ、リディアはビルスネイク公爵家の自警騎士団の建物に上がることになった。

◆

巨大な門扉の向こうにあった公爵邸は、まさに宮殿だ。

勤め人達用の出入り口だという第二門扉をくぐると、管理棟や使用人達の住まいもある。そして真っすぐ進むと、本邸と回廊が繋《つな》がった白亜の建物がある。

そこがビルスネイク自警騎士団の建物だ。そこからは本邸と言われているビルスネイク公爵の住居の〝宮殿〟もよく見えた。

「ありがとう。君がいてくれてよかった」

執務室で顔を合わせるなり、じーんっと感動から切り出したのは団長のジルベリック・ナイガーだ。胸の前に下ろされたやや長めのグレーの髪、四十歳には見えない引き締まった若々しい面持《おもも》ちをしている。

「すみません、私来るとは答えていないのですがなぜ感謝をされているのか――」

「これからの繁忙期を思うとほんと、毎年のように補佐官が欲しすぎて悩むわけだ」

「すごい、この人も私の話を全然聞いてない」

ナイガー家は、ビルスネイク家とは仲がいい馬種の獣人貴族のうちの一つで、彼は幼い頃から蛇公爵であるジークに仕えていたとか。ちなみに独身だという。

「昔からお仕え申し上げているが、王宮の総督ながら陛下のために臣下としても動いておられるお方だ。なにぶんお忙しく、俺達にも当然その仕事は多岐にわたってやってくる。君には事務処理全般を任せたい。副団長であるブレイクは、あの通り色気がものすごい男でな」

「色気がものすごい……」

思わず繰り返してしまった。

「君はブレイクと普通に言葉が交わせるそうだな？　まいっている俺に王宮から迅速に目撃情報をプレゼントしてくれた心強い友人がいる」

「なんて迷惑な友人……」

「馬種の中でも、とくに黒馬は色気むんむんでも知られている。男性もめろめろになる」

「むんむん……男性でもめろめろ……」

先程から、異性にそんなことを口に出されて気が引っ張られる。

ジルベリックは、八年前、十八歳になったブレイクをスカウトして採用したことを話した。

彼は仕事がよくできて、二十歳の年にビルスネイク公爵本人の推薦で副団長に就任したのだとか。

「俺は現在片思いの相手に猛アタック中でなぁ。それで早く帰りたくて補佐官がいない代わりにナイアックに事務長という名前を与え、彼の隙間《すきま》時間を無理やり探し出しては、事務やら雑務やらを頼んでいるわけだが」

「なんてナイアックさんが可哀《かわい》そう……」

そもそも本人がいるのだけれど、とリディアは気にしてソファの後ろを見た。そこには自分を連れてきた騎士達がいる。

ナイアックは目が合うと「ん？」と愛想よく首を傾《かし》げてきて、リディアは困惑した。

「たぶん深くは理解していない。ナイアック先輩は少し抜けているんです」

「嘘《うそ》でしょ」

抜けているレベルではない。

「君くらい色気に耐性があるのは大歓迎だ。仕事も進む。というわけで、これが採用登録書だ」

「待って」

ジルベリックが、自然にテーブルへ書類を滑らせてきた。

「私引き受けるなんて一言も言ってないですからね⁉」

「でもなぁ、ウチには君が必要なんだよ。よそで就職されるのは避けたいと思ってる」

「それはあなた様の個人的な事情からでしょう、困ります」

仕事が振れる補佐官が欲しいからって強引だ。リディアが睨むと、彼が「うーん、そういう意味だけではないんだが」と言って頬《ほお》をかく。

「ブレイクが頻繁に抜けて、仕事をこなす量が減ったらさらに困るというか」

彼がサボり癖があるというのはイメージになかった。あの鼻につく話し方からすると、仕事もできそうな印象がある。

その時、執務室の扉がガチャリと開いた。

「あ……」

騎士達と目を向けたリディアは、入室してきた人を見て思わず声が出た。

それは彼らと同じ制服に身を包んだブレイクだった。軍服仕様なのに、むさっくるしさはなく貴族感が漂って壮絶な美と色っぽさが漂っていた。

だが、目が合って二秒で睨まれた。

リディアは、見目麗しいのに威圧感が突然増したイケメンに口元がひくついた。

（そんなに仮婚約のことが不満なわけ？）

恐らく昨日、レイに同じことを言われてご立腹に違いない。

それでいて、もう会わないと思っていた男爵令嬢がここにいるのだ。

「私は連れてこられたのっ、文句があるのならこの人に言ってて っ」

リディアだって再会するつもりはなかったのだ。一方的に非難の目を向けられても困る。

だがブレイクは、ジルベリックの方を見ようとしなかった。

「何よ、私に文句でもあるわけ？　言っておくけどね、こうなったのもあなたが噛《か》んでくれちゃったおかげなのっ」

「僕も不服だ。なぜあんなことをしたのか分からない」

「そうよね事故だものね！　でも私はねっ……えーと、なんだっけ、急に言おうとすると出てこないわね……あれよ、婚約者候補とかいうのになって私こそ不服なんだけど⁉」

彼女はブレイクに指を突きつけた。

彼は歩み寄ってきたが、ソファのすぐそこに立っても、じっとリディアを見つめているだけだ。

様子を見守っていた騎士達が、ひそっとリディアへ「仮婚約」と教えた。

「そうっ、仮婚約！」

リディアは念押ししてそう告げた。

「獣人族に慣れなさすぎているのがよく分かる……」

「副団長の色気に耐性があるのもすげぇな……」

「ずばずば言うのもすごい……」

ナイアックもひそひそ話に加わるのを、リディアはジロリと睨んだ。

「ん？　そもそもさブレイク、お前ここに来る予定はまだあと――」

顎《あご》に触れたジルベリックの言葉は、聞こえなくなった。

急にブレイクが動いて、リディアの耳を大きな手で塞《ふさ》いだのだ。頭の両方からじんわりと伝わってくる体温。それから急に迫った美麗な男の顔に息を呑《の》む。

(女性みたいに細いと思っていたけれど、意外と指も男らしい……って、そうじゃない！)

女性の顔に触るなんてありえない。

「は、放しなさいったら！」

リディアは顔が赤らんだ。咄嗟《とっさ》に彼の両手を払ったら、彼が中途半端に挙がったままの自分の両手へ目を落とし、それから視線を戻して「は？」と呟《つぶや》く。

「何よその顔、私の方がびっくりしたんだけど!?　まさかまた分からないとでも言――」

「ああそうだよ、僕は病気なんだろう」

自嘲《じちょう》気味な言葉だった。リディアは驚いて尋ね返そうとしたのだが、ブレイクは告げるなり早足で出て行ってしまった。

突拍子もない行動も、それから回答も意味が分からない。怒りも消えてしまっていた。

「くくく、まぁ、あいつにも事情があるんだよ」

ジルベリックが、面白いと言わんばかりに笑い声をもらした。

「あの、もしかして噛みついたことと何か関係でもあるんですか……？」

「ブレイクも、君の腕を見て求婚痣《あざ》が浮かび上がったのを確認した時は、かなり驚いただろうな。俺も〝事故でついた〟と聞いた時は驚いた」

「驚く？　どうして？　獣人族の求愛方法なんでしょう？」

「あいつは、その時まで〝それができなかった〟からさ」

開口一番の『なんで、求婚痣がついた』というのは、そういう意味だったようだ。

獣人族は、成長変化と言われる大人《おとな》の節目を迎えると、相手の身体《からだ》に一族の紋様を刻むことができる。それが獣人族の求愛だ。

「君も、子供の獣人族にはルーツになった獣の特徴が出ているのは知っているよな？」

「はい。耳とか、尻尾《しっぽ》とか」

リディアが頭でちょいちょいと獣耳の仕草をすると、ナイアック達がちょっと癒《いや》された空気になった。

「それがなくなる代わりに求愛の証《あかし》を刻めるようになる。俺達獣人族にとっては、婚約から結婚まで大事にされている礼節の一つだ。それができないとなると、クールでモテるけど獣人のオスとしては〝不能〟みたいなイメージだな」

「言い方……」

「馬はプライドが高いからな。それでいて発覚したのも、家とつき合いがある獣人貴族のとある令嬢の成長祝いに求婚痣を贈ろうとして、みんなが見ている前でつけられなかった。それも同じオスとしてはかなり同情する」

ナイアック達を見ると、同じ意見のようだ。

「仕事の鬼なんですけど、仕事中毒なのもそれがきっかけだったのかなとか考えると、悪くは思えないですよね」

「ただ、どんどん仕事していくからなぁ」

「そうそう、正直少しくらいサボって俺ら部下もゆとりが欲しい」

欲張りだなとリディアは思ってしまった。

「大人になっても求婚痣がつけられないという『自称病気』で、それなのに色気で女性が集まって……おかげで気難しい性格に拍車がかかった？」

「まさにそういうところはある。社交界では『蛇公爵のところの氷の副団長』とも呼ばれている」

「氷？　彼は黒馬の獣人族なんでしょう？」

「あの見た目。あと、性格」

堂々と女性を睨み下ろしてくる感じから、リディアは納得する。

「というわけで、君には補佐官をして欲しい」

「嫌です。ブレイクの事情は分かりましたが、謝罪をしなかった件は引き続き腹が立っていますし、同じ場所で働くとかお断りします」

いちいち睨まれるとかストレスしかない。

リディアは、ジルベリックが再び寄せてきた書類を押し返した。部下達が「詐欺商法みたいだ」などと感想を述べ合っている。

「仮婚約の交流義務が免除されるのに？」

「くっ、それは……でも毎日睨まれるよりは……」

「公爵家所属だ。給料も高いぞ」

リディアはハッと見つめ返した。得意げにジルベリックが顎を撫《な》でる。

「……初任給はいくらでしょうか？」

「非戦闘員だとこのくらいかな」

ジルベリックが書類の余白部分に走り書く。彼女は見たことがない初任給額に目を剥《む》いた。

「えっ、嘘!?」

「ほんと。蛇公爵は仕事の成果を出す人間には手厚い。公爵邸内の勤務が完全にオファー制なのも、この金額にできる理由かな。福利厚生もばっちり、仕事に応じて昇給はあるし勤務年数による自動昇給もある」

それ、最高の就職先では？

これまでたくさんの求人広告を見てきたが、ありきたりな男爵令嬢が就職できるところでこれほどまでに好待遇の場所はなかった。

「……くっ……お仕事をください……っ」

「よかった。ははは、それでは明日から早速頼む」

愛犬のことを話したら、なんとペット預かり所への契約を取ってくれるらしい。リディアは明日、現地で顔合わせと同時に利用可能だそうだ。

「ありがとうございます！」

「給料よりも一番喜ばれている気がするなぁ。愛犬が好きなんだなぁ」

別れ際、ナイアックに送りを頼んだジルベリックが、「ところで」と言ってリディアを呼び止めた。

「君の仕事には、ブレイクをなだめて爆発させないことも含まれる。ストッパーだな。仮婚約者だ、それを期待しているからな～」

「何それ？　そんなわけが分からなっ――」

「それから、ブレイクはフェロモンダダ漏れの黒馬だ。気を付けろよ」

忘れていたわけではないけれど――いや、一時忘れていたが。

今、それを言う？　とリディアは思った。

◆

執務室を出たブレイクは、人の気配がしない回廊で足を止めた。

『どうして来たの？』

先程、執務室にいたリディアがそんな風に言った言葉。

――男爵令嬢リディア・コリンズ。

ブレイクより八歳年下の、ピンクブラウンの髪をした人族貴族。仮婚約の書類を渡された際、母からついでにと手渡された身上書でブレイクは彼女の名前を知った。

どうして、来たのか。

それは二回目の質問だった。沈黙していたのは――ブレイクだって訳が分からないからだ。

レイの事務所の時もそうだった。

昔からのブレイクの担当医。近くを歩いていて、ふと、パーティーで嗅《か》いだ彼女の匂いを察知した。気付けば彼は事務所の中へと足を進めていたのだ。

『はっきりしない人は嫌い』

向かい合ったリディアから告げられたその言葉が、驚くほど彼の胸に突き刺さった。

誰かに、そんな風に心を揺さぶられた経験はなかった。

『嫌だと思っている』

気付いたら彼の口から『回答』が出ていた。

けれど、嫌、と彼女に告げた際にまた同じ胸の痛みに襲われた。意味が分からなかった。

『僕は誰とも仮婚約するつもりはない』

それはブレイクの本心だった。

これまで、ずっとそう思っていた。今だって変わらないはずなのに。

「――くそっ」

ブレイクは回廊に拳《こぶし》を落とそうとして、ハタと止めた。

ここでもし〝種族の暴走〟を起こしてしまったら、自分をここに誘ってくれたジルベリックにも申し訳が立たない。

(どうして、彼女に仮婚約を否定されたのがこんなにムカムカするんだ?)

ブレイクは、獣人族の男性の平均である十八歳では成長変化を迎えた。

しかし二年後、とある獣人貴族の伯爵家の娘の、成長変化が済んだ成長祝いのパーティーで求婚痣が刻めないことが発覚した時、彼自身もひどく動揺した。

(僕には、何かが足りていないからだろう――)

ブレイクは、自分がひどく淡泊で情に薄いことを自覚していた。

だが――リディアには、求婚痣がついたのだ。

「くそっ、なんでだよ……」

また、貴族紳士としてはいただけない言葉が口からついて出た。

訳が分からない。

求婚痣がついたことで、彼女はブレイクの仮婚約者になった。そのうえ職場に置かれることになったのだ。

自分に仮婚約者ができただけでも信じがたいのに、ブレイクはその女性と毎日顔を合わせることに――。

その時、彼は違和感を覚えて顔の下を覆うように撫でた。

「……なんで僕は、さっきまでの苛々《いらいら》が半減しているんだ？」

彼女が明日から同僚になる。そう思ったら、どうしてかリディアを噛んだ時からずっと続いていた、胸の落ち着かない感じがなくなった。

（意味が、分からない）

今の時間は執務室に用がなかった。

それなのに足を運んだのは、彼女の匂いを獣人族の嗅覚《きゅうかく》に感じて勝手に足が向かった――なんてリディアに答えられるはずがない。

◆

翌日、リディアは勤務初日を迎えた。

フィッシャー達は唐突な就職に戸惑いつつ、公爵家の中の勤めと聞いて「侍女よりもすごい……」と感想をもらしていた。

ビルスネイク自警騎士団には、女性用の制服は作られていない。

リディアは、白と黒をメインとした制服の色に寄せて動きやすい私服を選んだ。

「さっ、行くわよフレデリック！」

「わん！」

準備は万端だ。玄関フロアで彼にまたがったリディアに、ダイニングから覗き込んでフィルが「うわー……」と全員の心境を代表するように呟いた。

「……リディアお嬢様、腰のポーチタイプの鞄《かばん》でよろしかったのですか？」

「ええ、領地の視察もこれに荷物を詰めて回っていたわ」

「さようでございますか。それでは、お気を付けていってらっしゃいませ」

言いながら共に歩き、玄関を開けたアルドも渋い表情をしていた。愛犬は、まるで番犬のごとく誇らしげに頭を上げて出発した。

大きな犬にまたがり、移動している彼女をすれ違う人々が忙《せわ》しなく見ていく。

いつもそうやって移動していたリディアは目立っている自覚がなかった。

朝の開店準備をしていた人達や、移動している貴族達が見た途端に咳《せ》き込んでいくという現象が続いて、ようやく首を捻《ひね》る。

（……風邪でも流行《はや》っているのかしら？）

今日から、思いがけずビルスネイク公爵家の自警団で働くことになってしまった。

だが、就職先としてはかなりいいことはリディアも認めていた。そのうえビルスネイク公爵家の口利きで、ペット預かり所の利用料金も三割引きという知らせが今朝きていた。

「予算が浮いてよかったわ。これでフレデリックのおやつも多めに買えるわね」

「わふっ」

フレデリックが、キリッと肩越しにリディアを振り返る。

もっふもふボディに似合わない『あまり無理するんじゃないぞ』と伝えるような表情を目撃して、すれ違った全員が「んんっ」と素早く口を押さえた。

「心配してくれてるの？　ありがとう。お互い初めての出勤だし、終わったら一緒におやつタイムよ！」

「わんっ！」

フレデリックは昔から人の言葉を理解している感じがあった。

昨日ペット預かり所のパンフレットを眺めながら、設備や食事体制も素晴らしいことを説明したら、とても喜んでいた。

（二ヵ月後には、二人で暮らせるアパートを借りられるわ！）

ビルスネイク自警騎士団の給料は、それくらいにいい。

夢が近くなったと思ったら、悪くない就職だとリディアも思った。

ペット預かり所は、ちょうどビルスネイク公爵邸へと向かう大都会の通りにあった。建物は一階が預かり所、二階には診察室などもあるペット用品の販売フロアだ。

門の内側には毛艶のいい馬が並んでおり、ガラス扉をくぐると多くの犬や、様々な中型動物と小動物がいて大勢の所員が面倒を見ている。

女性所員に案内されて奥へと進むと、広々としたドッグランにもフレデリックは大興奮した。

「うおぅ⁉」

その時、初入所の挨拶《あいさつ》で所長がやってきた。

「あの、失礼ですが、えっと……犬、と聞いておりましたが」

「犬ですよ？」

リディアがフレデリックと一緒にきょとんとすると、所員達が彼にさっと集まる。

「丸くて、もふもふで、とにかくデカいんだけど……お前達、あれ、犬に見えるか？」

「所長、実は私もひどく驚いています。彼女、犬の背に乗ってやってきたんですよ」

「でも本人は犬と主張しているし、その、鳴き声はたしかに犬なんですよ……」

「ビルスネイク公爵様も確認して『犬』と書いているんですよね？　犬でいいんですよね？」

リディアは、どうかしたのかと不思議に思った。

すると、察した所長が「んんっ」と咳払《せきばら》いして向き直る。

「えー、このたびは当店のご利用を誠にありがとうございます。わたくしワイズと当社が、責任をもって愛犬様をお預かりいたします。事前の申告書でも〝わんちゃん様〟の好みなど書いていただいているのですが、もう一つだけ確認してよろしいでしょうか？」

「はい、いいですよ」

「…………この子、噛まない？」

リディアは大型犬にも慣れたプロの質問を不思議に思いつつ、噛まないことを伝えた。

三章　蛇公爵のところの騎士団で働きます！

それから、リディアの仕事生活が始まった。

働き先はビルスネイク自警騎士団だ。自宅用の警備組織なのだが、さすがは公爵家の規模、職場も宮殿の一角みたいだ。

公爵邸の正門とは別に作られた、使用人達専用の立派な東正門。

そこから真っすぐ進んだところにある白亜の建物には大きなアプローチ階段があり、立派なエントランス、休憩用のサロン、各仕事部屋や資料庫、書庫——外付けの訓練場も数ヵ所備わっている。

リディアの仕事場は、二階にある執務室だ。

そこは団長と副団長の部屋であり、大切な執務が集まる場所でもある。

彼女はそこで補佐官として二名の上司の執務のサポートにあたり、書類作業や処理を行っていく。事務長であるナイアックから引き継ぎを受けているところだ。

(そう、こうなったのなら仕方がないわ)

王都で就職できたし、あとは自立に向け邁進《まいしん》しようではないか。

獣人法で定められた定期的な交流も免除されたみたいだし、今のところ仮婚約は〝書類上〟

だ。噛《か》まれて不幸だ、で終わるリディアではない。

（愛犬と暮らす家のためにっ、ここで頑張ってみせるわ！）

書類作業は、実家で人を雇うなんてできず自分達でしていたこともあって、さほど難しさは感じなかった。

やったことがないものも、こなしていけばなんとかなりそうだ。

（一般事務と経理の計算方式の知識は深めた方がいいわね。それから書類形式も把握して――）

二階にある図書室には、業務関係の本もたくさん集まっていた。

リディアは補佐官業務に役立ちそうな本を集め、自主的に猛然と学びもした。――それをなぜか騎士達は呆《あき》れていたけれど。

「就職に前向きになってくれたのは嬉《うれ》しいけどさ、……本当にずっとここに居続けるつもりなのか？　非戦闘員の団員として？」

「いいように考えることにしたの。採用されたからにはチャンスを活《い》かすわ！」

二階の廊下を、本日も参考になりそうな本を抱えて執務室へと戻る。

そんなリディアを取り囲む騎士達が、顔を見合わせた。

「でもさ、永久就職って他《ほか》にもあると思うけど」

「いまさら事務職から転向なんてするつもりはないわよ」

リディアが意志の強さを示してそう答えたら、なぜか揃《そろ》って溜息《ためいき》を吐《つ》かれてしまった。

同僚との関係もいい。新人なのを気にかけて、よく声もかけてくれる。

勤務体制も、希望したら定時より一時間早い退勤も認められた。仕事尽くしで愛犬をないがしろにしないで済む勤務も、かなり好みだ。

(おかげでフレデリックと一時間、ゆっくり散歩の時間も取れている)

一時間早く帰るので、彼女も感謝して早めに仕事をこなす意識で努めている。


今のところ、二番目の上司になったブレイクが難癖あって、かなり面倒くさい上司ということ以外は、完璧だ。

「昨日も教えたが、そこの書類は二番目の棚だ。それからマニュアルは全部用意してから着手しろと助言しただろう。だから何度も誰《だれ》かに尋ねることになるんだ」

リディアだって、ブレイクに仕事のことを尋ねたくないのだ。

(できれば彼以外の誰かに尋ねたい……でも、ほぼ彼とセットなのよね……)

どうやら執務室の仕事については、二番目に偉い副団長のブレイクが見ているらしい。団長は忙しいようで、執務室にほとんどいるのは彼だ。

部下は訪ねてくると報告をして、指示をもらってすぐ出ていく。

二人の空気はぎこちないし、黙々と仕事をするブレイクの沈黙からは不機嫌が伝わってきて、ストレスだ。

しかも今日、指導役のナイアックを外された。

彼は事務長として、引き継ぎがてらリディアに『指導役』を団長から指名されて教えてくれていた。しかしブレイクは、

『三日目だろ。あとは新しい業務が出次第の対応で間に合うはずだ』

と言って、早々にそばから外したのだ。

(今日だって、まだ四日目なんですけど?)

執務室だって広い。まだ何がどこにあるのか全部を把握できていないのに一人にするとか、どんな鬼上司だ。

みんなが厳しい上司だと口を揃えていたが、それは確かなようだ。

(私の場合は一割増しで無愛想ね、嫌味がほとんどだわ)

ブレイクが教える時にも苛々《いらいら》しているのは、リディアが仮婚約者のせいだろう。

「早く帰りたいんだったら、君も相応の努力をしろ」

「言われなくともそうしてますー」

リディアは、嫌味っぽく答えてやった。

定時の午後五時ではなく、午後四時で帰るのもブレイクは不服なようだ。

出勤初日の午後、戻ってきた彼に団長のジルベリックが『決まったから』と伝えたら、すごい顔をしていた。

(美男子が凄《すご》むと、圧がすごいわよね)

「——おい。おい、君は上司である僕を無視して楽しいか」

少し思い返している間に、また隣から声が聞こえた。

今度はなんだ。そう訝《いぶか》って顰《しか》め面を向けてみると、書類の束のページをめくった手を止めて彼が仏頂面でリディアを見ていた。

(無愛想でクールな黒馬、か)

たしかに彼は美しい。

そう、眉間《みけん》をがっつり寄せていても、だ。

不機嫌な顔をされても、異性に興味がないリディアでさえつい見つめてしまう美貌《びぼう》だった。

「それで、今度は何？」

「そっちにあるもう一つの箱の分も退勤までに終われそうなのか、と聞いた」

「終わらせます。フレデリックを待たせられないの」

リディアがそう答えたら、彼がますます眉間の皺《しわ》を深めて顔をそむけてしまった。

それでも色気は引くことなく凄《すさ》まじいままなのだ。

騎士達は『平気ですごい』などと言っているが、すぐそばで働くことになってリディアも少し困っている。

なぜか団長席から離され、仕事机を彼の執務机のほぼ隣に設けられた。

（小言に言い返した際、うっかり顔が近くにあって驚く……）

驚いたら彼に負けた気がする。

表情筋を総動員するせいで、彼がいる時に仕事をしていると疲労度が割り増しだ。

彼は、ジルベリック達が言ったようにかなりひねくれているらしい。

本人は自分の美貌を本当に意識していないというか、顔面の美しさと色気の自覚がないから
リディアにも顔を近付けるのだろう。

活用しようとも思っていないのに女性の視線や関心を集めるから、女性にもきつい。

ここでは屋敷側からメイド達が来て掃除してくれる。執務室の掃除の許可を取りに来た際に、
ブレイクはリディアへ向ける以上の冷ややかな視線と共に『邪魔だな』と表情で語った。

（うん、あれは女性を見る目ではないわね）

求婚痣《あざ》をつけられなかった体質から、女性と仲良くするつもりが一切なくなった。

それから、とくに仮婚約者のリディアのことは大嫌い、と。

性格はひねくれていて嫌味も悪意を感じる。この敵意剝《む》き出しの状態を見るに改善の余地は
なしだし、仲良くなろうとはリディアも思わない。

（ブレイクの中では仮婚約はないことになっているみたいだし）

リディアだって事故の求婚痣だ。消えるまで放っておかれるのには賛成である。

（執務室で居合わせる時だけ我慢すればいいし）

そう思っていたので、翌日のジルベリックからの命令は完全に不意打ちだった。

「え……同行任務、ですか？」

リディアは、彼の執務机の前で口元を引きつらせていた。

「君は彼の仮婚約者だ。一緒に参加しても仮婚約者の初交流として疑われない」

ビルスネイク公爵が、王宮のパーティーに出席するという。

そこでブレイクが護衛として参加することになり——偽装のためそこにリディアも加わって欲しい、と。

（……仮婚約、問題ありありだったわね！）

護衛枠は、あくまでも会場警備の強化だ。

ブレイクに関しては、単身で情報収集の任務も任せられているらしい。

（だから私に仮婚約者として同行しろと言われてもっ）

仮婚約者としての初披露を迎えてしまうのも問題だ。

リディアは、隣に立っている仏頂面をおそるおそる見上げた。

ブレイクは部下らしくジルベリックの方を向いていた。背筋は伸びていて、立っているだけなのにこの色気……リディアは現実逃避しかけた。

（え、なにその従順な部下ですって態度……このまま了承して私と行くつもりなのっ？）

そもそも、二人で仕事する時点でうまくいかない予感しかしない。

「……あ、あの、私なんかを王宮のパーティーに同行させるのは不相応だと思うんです」

「君は、こいつのストッパーでもある。それが重要だ。替えはきかない」

「いったいなんのストッパーなんですかっ」

ジルベリックが真面目《まじめ》な顔で断言した。

すると、ブレイクがゆっくりとリディアを見下ろしてきた。

「蛇公爵と団長の指示だぞ。——何か不都合でも？」

嫌がっていたら、かなり怖い真顔でじっと見据えられた。

（……だからそれ、女性を見る目じゃないのよ）

リディアは初めて負けた気がしながら、恐々と「な、なんでもない」と答えた。

仕事中毒というのは、こういうことを言うのだろう。


その翌日、パーティーの招待状が朝に届いてしまった。

リディアはどんよりとした気分で出勤した。実家からドレスを送ってもらう手配などをお願いしたら、フィッシャー達に仮婚約者の交流だと誤解された。

（理由を秘密にしたら、やっぱり誤解されるんじゃないの……）

口外したら偽装の意味がなくなる。

そもそも、事故だと言っているのにフィッシャー達に信じていない空気感があった。

『獣人族なのだから、事故、などはないかと……』

当日に身支度をしてくれると言ったメイド達も、そんな呟《つぶや》きをもらしていた。

それでも手を止めず書類作業を完了し、リディアは保管庫へと運ぶ。

朝に再会したブレイクは、パーティーの仕事の話題さえ出さなかった。ジルベリックと短く打ち合わせし、一緒に出て行った。

「はぁ……一度だけ、今回だけなんだから、知り合いに会わないことを祈るわ」

悶々《もんもん》と考えながら戻りの道を歩く。

「おっ、とうとう蛇公爵様に突撃でもされたか？」

「……はい？」

すれ違う騎士達に声をかけられた。

「蛇公爵様って、ビルスネイク公爵家のご当主様でしょう？　なんで私みたいな新米がそのお方に突撃されるのよ」

リディアは、意味が分からないと顰め面を浮かべた。

こっちにほとんど来ないとは、ジルベリックから聞かされている。

「団長が『蛇公爵様を仕事に行かせるのが大変になった』ってここ最近ぼやいてるから」

どういう状況なのか、まったく見えてこない。

騎士達は勤務初日から新米のリディアを気遣ってくれた。敬語じゃなくていいと言われたら、あっという間に打ち解けた。

好きに色々と口にしてくるから、たぶん重要なことではないのだろう。

「今度のパーティーは蛇公爵も出席しているし、タイミングが合えば拝見できるんじゃないかな。二十四歳だから、驚くかも」

「えっ、二十代!?」

「蛇公爵は大変に優秀なお方なのです。それでは、我らは見回りに行ってまいります」

ビルスネイク公爵家の自警騎士団として相応《ふさわ》しい態度を――という教訓を調子よく見せて彼らは歩いていった。

リディアは小さく噴き出し、溜息が飛んでいくのを感じた。

(優しいわね。さっきの溜息を気にしてくれたのね)

彼女も、次の書類作業に必要な資料を取りに一階へ向けて歩き出した。

パーティーは週末に予定されていた。フレデリックとゆっくり王都内の観光しがてら散策を考えていたのに、半日は仕事で潰《つぶ》れそうだ。

(仕事だから、……仕方ないか)

心底嫌がっているのに、ブレイクは反論一つせず了承した。

部下として彼の対応は正しい。

(仮婚約なんて知られたくもないはずだから、当日の機嫌は最悪だろうけど)

一階へ降りたところで、回廊側から風が吹き抜けていった。

ピンクブラウンの髪が舞い上がり、リディアは手で押さえてそちらを見た。

自警騎士団の建物は広い。宮殿の一角みたいな道のりの途中、そばには王都内にあるとは思えない緑地が広がっている。

広い敷地を使って、建物沿いに鍛錬用の訓練スペースや乗馬訓練の施設も設けられていた。

(私も、活用していくべきかしら)

非戦闘員とはいえ、一団員として給料をもらっているのだ。

護身術も習ったことがなく、何をどうしたらいいのか思い浮かばないのはまずい気がする。

ブレイクにも嫌味に使われそうだ。

そう思いながら歩き進んでいたリディアは、その本人を見つけて咳《せ》き込んだ。

回廊沿いに見えてきた訓練場。珍しくそこで一人自主訓練していたのはブレイクで、彼は上半身の汗をタオルで拭《ぬぐ》っているところだった。

(うわ……うわあぁぁ、なんて光景に遭遇するの!?)

リディアは、その光景から猛スピードで顔をそむけた。

脱いだブレイクは、肉体派仕事だと分かる鍛え上げられて引き締まった身体《からだ》をしていた。かなりの肉体美だ。

おかげで、普段の色気が威力倍増でリディアの羞恥心《しゅうちしん》を揺さぶってきた。

(筋肉の筋が浮かんだたくましい肩とか、腹筋がくっきり割れた腹とか、男性らしいきゅっと引き締まった腰とか――)

かなり意外だった。リディアは勝手に細身だと想像していたから。

(……お、男の人って、鍛えるとあんな風に引き締まるのね)

見てしまった光景を思い返した瞬間、頭の中が沸騰しそうになる。

まず、見たことは忘れよう。このままだと団長や他の騎士達の肉体も妄想してしまう。

十八歳のリディアには、普段見ることがない異性の上半身は刺激が強すぎた。

「何をしている？」

「きゃあああぁあぁ!?」

すぐ近くからブレイクの声が聞こえた。

「なんだ、いきなりうるさいぞ」

すぐそこにいた彼が、タオルを持った手ごと両手で耳を塞《ふさ》ぐ仕草をした。

「うるさいなんて、何、よ……」

通路の塀の向こうにある肉体美を直視したリディアは、固まり、こらえきれずに間もなくぎこちなく視線をそらしてしまった。

「なんだ」

探るような彼の視線を感じたが、リディアは視線を逃がしたまま後退した。

「えーと……なんでも？」

「私も仕事が忙しいの。うん、だからその……私、もう行くからっ」

慌てて踵《きびす》を返す。すると、いったいどんな早業を使ったのか、ブレイクが塀を飛び越えてリディアの腕を掴《つか》んで腰を抱き、ぐるんっと回して彼の方に向かされてしまった。

「な、何するのよ!?」

「君が目をそらすからだ」

「そっ……」

そんなことを言われても困る。

目の前に、ズボンしか着けていない男性の姿がある。しかも広い肩から伸びた腕はリディアを捕まえてもいる。

平気なふりをしたかったものの、次の瞬間カッと羞恥で熱くなって言い放った。

「い、異性の上半身の裸をガン見する淑女なんていないでしょ！」

するとブレイクが固まって、――間もなく手を離した。

「……少しは『確かに』と思った？」

彼は先程のリディアみたいに視線を逃がし、次第に眉間に皺を作って「別に」と言い、訓練場に戻っていった。

女性を気遣うことを知らないのだろうか。リディアはどっと疲れてしまった。

◆

週末、パーティー当日を迎えた。

息子のフィルと用事があるというフィッシャーが王宮に送ってくれて、リディアは会場となった第二広間前でブレイクと落ち合った。

会場の入り口近く、待っていたブレイクに目が合ってコンマ二秒で睨《にら》まれた。

やっぱり彼は不服そうだった。それでも、大変美しいのだけれど。

（理不尽だわ……）

ブレイクは、紫がかった黒曜石みたいな髪に合う深い紺色の紳士服を着ていた。白色と黒色がメインの制服と印象が異なり、さらに深く落ち着いた美しさがある。

対するリディアは、右腕にある求婚痣が隠れる袖つきのドレスを選んでいた。

実家から届いた荷物の中から、仮婚約者として彼を意識していると思われないよう淡いブルーのものを選択した。ナンシーやメイド達と頭を悩ませながら、あれやこれやと装身具も合わせた。

彼が人を褒めるような男ではないとは分かっていたが、出席が嫌な中で苦労して着飾ってもきた部下を見て、一発目で睨むとはどういうことだ。

(まぁ、それだけ嫌なんでしょうね……)

彼に比べると全然映えない出来なので、もう怒りさえ湧《わ》いてこない。

「行くぞ」

ドレスについての感想もなしですか、と思うもののリディアはブレイクに頷《うなず》く。すれ違った男性も彼に頬《ほお》を染めている凄まじい光景を見て、何も言う気が起こらなくなった。

(うん、ほんと色気がすごいものね)

その彼の同伴になって大丈夫なのか、かえって心配になる。

これだけの美貌っぷりだとファンクラブがあったりしないだろうか。女性に優しくできない男だとしても、確かに見た目はいいし仕事もできる。

「おい、待て」

入り口を目指していたリディアは、動きにくいドレスの裾を持ち上げたまま振り返る。

「何よ、受け付けするんでしょう?」

「君の同伴者は僕のはずだろう。エスコートもさせずに入場するつもりか?」

リディアは目を丸くした。

彼は触れるのも嫌がるだろうと思っていた。このままだと『エスコートもさせてもらえない男』と彼に恥をかかせてしまう。

「そ、そうね、なら手を――」

「こういう時は腕だろう」

慌てて手を伸ばしたら、彼に握られ、彼の腕へと回された。

そこにもリディアは意外に思った。ほぼ身を寄せ合う状態になってしまい、戸惑い見上げるがブレイクは視線を返さない。

「どうぞ」

受付の者が彼から招待状を受け取り、確認して二人を会場内へと促した。

「まずはしばらく一緒に回りながらさりげなく情報収集する。狙《ねら》いの相手を見つけ次第、僕が話を聞きに行く」

「分かったわ」

仕事だからパートナーに対するエスコートをしたのだろうと、リディアも納得する。

会場の中に入ると貴族達がたくさんいた。その手の甲に、それぞれ違う形の黒い紋様が小さくあった。

(よく見たら、キャサリアの手紙にあった通り複数あるわ)

獣人族の仮婚約者は、複数名いるのが普通らしい。求婚痣を複数持っているとステータスになるとかで、それをより見せるようなドレスを着る。

それもあって、リディアは薄地の袖の柄《がら》だと思ったのだ。

「一つ質問があるのだけれど」

彼の腕を控えめに引いて囁《ささや》いたら、ブレイクが少し耳を傾けてきた。

「なんだ？」

こんな風な配慮もできるのかとリディアは驚きつつ、囁く。

「自己紹介だけでいいのよね？　仮婚約者ってただの候補みたいなものだし、わざわざ『仮婚約者です』って相手に認識させなくてもいいのよね？」

ブレイクの手に、少し力が入った。

獣人族特有の細かい作法があるのなら、確認しておいた方がいい。そう思ったのが常識知らずと驚かれたのだろうか。

リディアは今日の仕事で、ブレイクの機嫌を悪化させないことも目標に立てていた。

自己紹介で仮婚約者だと添えたら怒られそうだ。

それでいて仮婚約者であると大っぴらに口にしたりしなければ、どういう関係の同伴なのか知られないままで済む。

「――必要ない。僕らは事情が違う」

彼がやや不機嫌そうに足を進めた。

入って間もないのに、早速何人か顔見知りがいたようでブレイクが軽く手を上げて応《こた》える。不愛想な顔しかできないと思っていたら、口元に笑みが浮かんでいた。

(そうよね。伯爵家の跡取りなんだから、社交はできるわよね)

自分が見たことがない表情だと思い至り、なんだかもやもやして俯《うつむ》く。

その時、ブレイクが足を止めた。腕が強張《こわば》った気がしてリディアは目を上げる。

「ブレイク様！　わたくしと一緒に回りませんかっ？」

氷のなんとやらと言われている彼の目の前に出てきて、足を止めさせるという大胆な行動を取った令嬢がいた。

それは、くるくるとした赤毛を持った少女だった。リディアが驚いている間も、彼女はまた会えて嬉しいこと、一緒に回りたいのだと熱烈にブレイクを誘う。

「『また会えた』と言っているけど、知り合い？」

彼女が期待の眼差《まなざ》しで返事を待ったので、こそっと彼に尋ねた。

「アドリーヌ嬢だ」

やはり知り合いの令嬢だったらしい。けれど、名前だけ答えられても困る。彼の横顔に続く説明を求めたが、珍しく固まって目を合わそうとしてくれない。

「初めて見るお顔ですわね」

相手の令嬢が、ようやくリディアへと視線を移動した。

リディアは面倒な予感がピンときた。

（……これ、早速彼のファンが出てきたんだわ）

赤毛の令嬢の笑顔から圧を感じた。彼を呼び止められるくらい身分が高い家の令嬢だろう。

「えーと……私、いえわたくしはリディア・コリンズ。コリンズ男爵家の娘です」

「わたくしはエメネ伯爵家の次女、アドリーヌ・エメネですわ」

なんと、伯爵令嬢だったのか。これはますます敵認定されたくない。この行動力からして、相当ブレイクに気があるはずだ。

（団長っ、私はどうしたらいいんですかっ）

会場内には、蛇公爵のそばにジルベリック達もついている。

同伴出席でそばにいる簡単な仕事だと言われたが、まさかブレイクのファンとぶつかるとか聞いてない。

（仕事を放るわけにはいかない。とりあえず、ブレイクは仮婚約者だと口にしないでいいと言っていたし、これで敵じゃないことを伝えよう）

リディアは、そろりと動いてブレイクから手を離そうとした。

だがその瞬間、ブレイクの手が素早く動いて上からガシリと押さえてきた。

（……んん？）

リディアは彼の横顔を見上げた。彼は真っすぐアドリーヌを見据え、こちらからの視線を無視する。

「彼女は僕の仮婚約者だ」

「え」

「申し訳ないがアドリーヌ嬢、初めての仮婚約者の手前そんなことはできない」

「……仮、婚約者……？」

引きつった声を上げたのはリディアで、続いて呆然《ぼうぜん》としたのはアドリーヌだ。

アドリーヌが徐々に目を落としていった。その華奢《きゃしゃ》な肩が震えて、リディアが心配になった次の瞬間、彼女が悔しさで真っ赤《まっか》になった顔で睨んできた。

「先に仮婚約者になったからって、いい気にならないことね！　リディア・コリンズ、わたくしのライバル、いいこと？　あなたには負けないんだからねっ！」

怒鳴っていたものの最後は目尻に涙を浮かべ、アドリーヌが走り去った。

なんだなんだと近くの人達が見てくる。

リディアは追いかけようとしたのだが、ブレイクが手と腕に力を込めて阻止してきた。ガバッと目を向けると、彼は反対側へと顔をそむける。

「ちょっとおおおお!?」

リディアは、思わず彼のコートを掴んで引っ張った。

「仮婚約者だと紹介しないと話したばかりでしょう!?　なんであんな風に言ったの!?　あの子

に敵認定されちゃったじゃないの！」

「すまない……アドリーヌ嬢だけは、嫌だ」

「あなたがそんな弱気になって嫌がってるの、初めて見たんだけど!?」

まさか彼にも苦手な人間というのがいたことにも驚愕《きょうがく》だ。

「僕の社交辞令の対応を都合よく好意だと受け取ってくるところも、猫撫《ねこな》で声でずっと喋《しゃべ》ってくるところも苦手なんだ」

「ん？　……それって自分からあなたにアピールしてくる子全般にあてはまるんじゃない？」

ブレイクが、何も言わないまま顔をそらした。

珍しく彼の気持ちが見えた気がした。ある推測に達し、リディアは呆れたものの先程までの行動を起こさせたことを思えば責められなかった。

「……ねぇ、もしかしてだけどまず一緒に回るのって、私にその女性達を相手させるつもり？」

ややあってから、そのままブレイクが頷く。

相当に苦手なようだ。色気云々《うんぬん》の事情を知っていると、垣間見えたその人間味は彼女の心を揺らした。

「はぁあ……分かったわ。それが私の仕事なら、そうするから」

もし子供なのに、色恋沙汰で女性達から猛烈にアピールされたら。

そう想像するとリディアだって怖い。ちやほやされるというのも、いいことばかりではなさそうだ。

(かなり根気がいりそうだけど、……頑張るしかないわね)

近くの貴婦人や令嬢達が全員熱く見ていることを横目に確認し、溜息をこらえて覚悟した。

ブレイクを促すと、社交を始めた彼は先程の雰囲気なんてすぐ消した。

「これはリベット伯、あなたも参加していらしたとは――」

挨拶《あいさつ》がてらうまい具合に雑談へと繋《つな》げ、それとなく情報収集していく。

リディアは、隙《すき》あらば話そうとする女性達の相手だ。彼の会話を遮ろうとするので確かに仕事には邪魔だった。

(でも、敵を増やしていないか気が気じゃない……！)

ただの男爵令嬢には貴婦人や、いかにも高貴な性格でつっかかってくる令嬢の相手は心臓に悪すぎた。

しかも女性達が、目で『邪魔』と伝えてくるのも精神的にダメージが強い。

リディアは、ジルベリックが口にしていた色気持ちの黒馬獣人がどれほど厄介《やっかい》なのかも身に染みた。男も女も彼に惹《ひ》かれてどんどん声をかけてくる。そのせいで、名ばかりの同伴の予定が休む暇がないくらい忙しかった。

ようやく、ブレイクの『一時撤退』の合図で一息吐けることになった。

「あしらうのもうまいのは、意外だったな」

ぐったりしたリディアに、彼がノンアルコールのシャンパングラスを渡す。

「社交経験はそんなにないからただただ必死よ……もう二度としたくない」

この一度限りだ。そう思えば、頑張れるというものだ。

このあと、ブレイクは単身の情報収集とやらに回る予定だ。リディアはあくまで、その前後の同行での女性相手が〝仕事〟だろう。

「社交慣れしている女の子達はほんとすごいわ。ああ、でも、すごいと言えばあなたの仕事っぷりかも。みんな自分からすごく喋っていくからびっくりしたわ。美男って得なのね」

ブレイクがこの任務に指名された理由も納得した。

誰もがその色気にくらくらして、彼の気を引きたがって〝喋りたがる〟のだ。

「見目麗しさは武器ではない」

ブレイクは不服なのか、シャンパンを飲みながら顔を顰めていた。

（とは言ってもねぇ……）

着飾った彼は、そんな表情をしていてもきらきらとしたフィルターがかかって見える。

遠巻きにドリンクコーナーを見ている男女が、飲み姿に見惚《みと》れて声をかけられない様子でいるのがいい証拠だ。

「まっ、武器だろうとなんだろうと、私は平気だけどね」

困るくらいに美しいので、自分に言い聞かせるためにもそう口にした。

視線をそらすため残りのシャンパンを飲み干し、そのままグラスをテーブルに置いた。かつんっと音が鳴ってハタと固まる。

力が強すぎたと思った時、後ろから覆いかぶさるように影が落ちた。

「――君には『フレデリック』がいるからだろう？」

長い腕が伸びて、リディアの隣に中身が半分残ったグラスをそっと置く。

（品でも負けた……）

後ろに立ったのは、女性達を相手にしたお礼にミスを人々から隠してくれたのだろう。

はあぁと溜息を吐きながら振り帰ると、彼は顰め面をした。

「何よ」

「なんでも？　ここからは単身行動だ」

「はいはい、いってらっしゃい」

予定を忘れているはずがない。そう思って送り出したら、彼が機嫌をさらに悪くしてあっという間に人波の向こうに消えていった。

（私といたくなかったのね）

せっかくだ。王宮のパーティーを見て回ることにする。

愛犬の名前を彼が知っていたのは、ペット預かり所から早く迎える件でジルベリックから共有されているからだろう。

（さすがは仕事ができる男。記憶しているのね）

愛犬の名前を覚えてもらっているのは気持ちがいい。

（それにしても、昼間なのにすごく豪勢）

歩きながら会場を見て回り、伯爵令嬢クラスの女性がごろごろいるようなパーティーの風景に感心した。

立食用のテーブルには最高級の料理、用意された食器もグラスも一級品。少女達が着ている新作のドレスでさえ、リディアでは到底買えない高級品だ。

しばし、そんな風景を楽しませてもらった。

小腹がほどよく空いた頃《ころ》、がら空きのデザートコーナーでケーキを堪能《たんのう》した。

「うーんっ、美味《おい》しい。最高だわっ」

テーブルの向こうで配膳している男性の王宮使用人が、嬉しそうに笑う。

「もっといかがですか？」

「ええ、食べます」

こんな高級なケーキは、滅多に食べられるものではない。

残念なのは一人であることだ。食事は、誰かと一緒に食べたい。普段なら家族か令嬢友達が一緒にいるから、変な感じだった。

「誰かと待ち合わせですか?」

誰かとお喋りしたいと思ったことが顔に出たのか、紳士に声をかけられた。

(――はっ、お喋りしている場合ではないわっ)

リディアは、ブレイクと別れた際に時間も見ていなかったことを思い出した。

待ち合わせ場所を言ってなかったから、合流先は別れた所だろう。

「すみませんっ、待ち合わせがあったのを思い出しましたっ」

彼女は慌ててドリンクコーナーを目指した。

だが、間もなく人の流れの向こうに様子が見えた時、気が抜けた。

「あら、いないわ」

よかった。彼が来るのはこれからのようだ。そう思って待機を決めて歩みを再開した時、呼び止める声がして足を止めた。

「ま、待ってくださいっ、あぁぁ……!」

そちらを振り返ったリディアは、青年が人混みに流されていく姿を見た。

(なんて体幹が弱……というか不慣れなのかしら?)

このまま、何も聞かなかったことにしようか本気で考えてしまった。

すると、彼が次の流れで運よく戻る方向に進んで抜け出してきた。目の前に立たれた際、先程までブレイクといたせいか小柄な印象を受けた。

「こ、こんにちはっ。僕はダスター子爵家の、オズ・ダスターと申しますっ」

「ええ、こんにちは。わたくしはリディア・コリンズです」

年下のようなので、ひとまず優しく微笑《ほほえ》み返した。

オズが緊張気味に背筋を伸ばし、声が出る姿勢を取って胸に片手をあてた。

「一人でいるなんてお寂しいことでしょうっ。あ、あなたのような美しい女性が一人というのなら、ご一緒させていただく名誉に与《あずか》りたくっ。その、僕でよければ話し相手になりたくっ」

そういう物言いにも慣れていない初々《ういうい》しい口調だった。

教えられた台詞《セリフ》を、どうにか思い出してなぞっている感じがある。

彼の顔がみるみるうちに赤くなっていくのを見て、リディアもあまりの初心《うぶ》さに見ていて恥ずかしくなった。

(うわっ……うわあぁぁ、めちゃくちゃ頑張っているのが分かるわっ)

断るのが申し訳ないほどに初々しい。顔を赤らめたリディアを目に収めると、彼はぶわっと耳の先まで染めた。

二人、恥じらって見つめ合っているのも恥ずかしい。それなら、と彼女は思う。

「えと、少しだけでいいなら――」

そう考え、手を伸ばしかけた時だった。

そのリディアの手を、後ろから大きな手が包み込んで引き戻していた。

（――え？）

後ろから肩を掴まれ、目の前の令息から引き離される。

後ろへ引っ張られた身体が、ぽすんっと誰か男性の胸元にあたるのを感じた。

「悪いが、彼女は僕の仮婚約者だ。そういう誘いは必要ない」

それはブレイクだった。

肩越しに見上げたリディアは「は」と口の形を作った。オズが目を見開く。

「え、あっ、蛇公爵様の、自警騎士団の副団長様であらせられますか!?」

「そうだ。そして彼女は、僕の求婚痣を持っている」

ブレイクが腕を取った。リディアがまさかと思った次の瞬間には、彼によって容赦なく袖がめくられ、オズの眼前に黒い大きな紋様を曝《さら》け出されてしまっていた。

「……し、失礼いたしましたあぁっ」

とんでもないものを見たと言わんばかりに、オズが人混みに逃げていった。

リディアはぽかんと口を開けた。仮婚約の求婚痣は珍しくないというのに、なんであんなに驚かれたのか。

（ブレイクの求婚痣を持っているのが珍しかった、――のかも）

近くで見ている人達もざわめいている。

リディアは素早く腕を取り返した。掴んでいた腕をあっさり解放したブレイクを、袖を下ろ

してキッと睨む。

「あなた、またなの？」

「何がだ」

ブレイクが思いっきり顔を顰める。

「そういう自己紹介も不要だって話したのに、あなた、また仮婚約者って言ったわ」

ハッと彼が顔の下を手で覆う。

リディアはアドリーヌの件もあって簡単に切れた。しかも今度は、述べるだけでなく見た人にもバレてしまうことを彼はしたのだ。

「あなたねっ、黙っているって言ったのに、なんで黙っていられないの⁉」

胸倉を思いっきり掴み上げた。

ブレイクが、珍しく驚いた感じで見下ろしてくる。

「私は仮婚約したことをあまり知られたくないの！　獣人族の交際の手順とか作法とかよく分かんないから『不要だ』と言われた時は安心したのに、なんでそうぽんぽん言っちゃうの！　仮婚約者だって言われたら私の存在も知られて、ライバルを名乗る令嬢が他にも現れたらどうしてくれんの⁉」

とくに、最後の部分が重要だ。リディアは腹に力を込めて主張した。

ブレイクは、言い聞かせている間ぽかんと口を開けてリディアを見ていた。周りのみんなも、毒気を抜かれたみたいな顔で見守っている。

「――ふっ、くくく」

やがてブレイクが顔をやや下に向け、肩を揺らした。

（あ、笑えるんだ）

自然体な笑みに驚く。だが、次の彼の言葉に、ハッとしてそんな場合ではないと思い出す。

「君もそういうことになるのは困るんだな」

「そうなって嫌なのはあなたでしょっ」

しっかり思い出させると、ブレイクの笑みからすぅっと力が抜けていった。

「――そう、だな。そうだった」

いまさら思い出したみたいに、彼の視線が落ちる。

言い返されると思ったのに、そうされなかったら調子が悪くなるというものだ。彼が指摘さえしなかった胸倉部分の衣装を直す。

「とにかく、仮婚約者だと言いふらさないと言ったのはブレイクなんだから守ってね。喧嘩《けんか》ならどーんとこいだけど、面倒事はごめんなの」

すると、彼の視線がそのまま戻ってきた。近くで彼のアメシストの目とぶつかる。

「君は、強いんだな」

彼の獣みたいな瞳《ひとみ》が、ふっと笑みをこぼした。それは気取っていない笑みで、間近で見てしまったリディアは心臓がばっくんとはねた。

冷ややかではない彼は色気が倍増だった。

こらえきれない。思わず両手を顔に押しつけて、しゃがみ込む。すると彼まで屈《かが》んでくる気配がした。

「どうした？」

「お願いだから覗き込んでこないで」

「なんでだ」

声に不機嫌さが滲《にじ》んだ。しかし、声に集中していると、彼が見た目だけでなくて腰砕けの美声までしていることに気付かされた。

このまま聞いていたら顔も熱くなりそうな予感がした。

（引っ越し資金が十分確保できる二ヵ月！　その給料をもらうまではっ、退職なんてできない！　こんな意識は押し戻してみせる！）

リディアが補佐官に就職できたのは、彼に耐性があったからだ。

「不意打ちすぎるのよ。なんであなたまでしゃがんでくるの」

「だから、何がだ」

「…………くぅっ、色気が、けしからんっ」

今は声しか聞いていないので、正確に言うと背筋をぞくぞくと甘く震わせたのは彼の声だ。

すると、ようやくブレイクが頭を起こす気配がした。

「体調が悪いわけではなくて何よりだ。問題なければ再開する」

「えっ、まだするの⁉」

ぱっと手を下ろして見上げたら、彼が手を差し出してきた。

「僕の方の〝用事〟に、君もつき合ってもらう」

周りの人々を意識したのか、彼が『用事』という言い方をした。

リディアは彼の手を借りて立ち上がった。声の調子が機嫌いいように感じて、首を捻《ひね》る。

「というか、終わってなかったの？」

てっきり、終わったからドリンクコーナーに戻ろうとしていたのだと思った。

ブレイクはエスコートをしながら「まぁな」と答えただけだった。

（たぶん予想していた以上に女性達に邪魔されたのかも……）

先程まで自分が相手にしていた女性達のすごさを思い返して、リディアはもうひと踏ん張り頑張ることにしたのだった。

四章　黒馬獣人と仮婚約者

「上機嫌だな～。ま、仕事にやる気がある部下は大歓迎だよ」

「ありがとうございます」

リディアは、にこにこと執務室でジルベリックに仕上がった分の書類の束を渡した。敷地内の巡回についてブレイクに確認していたナイアック達も、昨日に続いて今日も確かに上機嫌だとつられてにこやかになっていた。

厄介《やっかい》な週末を乗りきり、フレデリックと素敵な散歩休日を過ごした。

あんな大変だったことをこなせたのは達成感だ。仕事に慣れてきたこともあって、一昨日も昨日も通常勤務が楽しすぎた。

そして今日は、午後に二時間の有休を確保してある。

(今頑張れば、フレデリックとおやつタイム！)

昨日、散歩をしていたら犬と同伴可能なカフェを併設しているペットショップがあるのだと教えてもらえたのだ。

「早く帰れるのが嬉《うれ》しそうだな。午後の余暇に浮かれるのは構わないが、それが仕事の質を下げなければいいが」

ブレイクは一層不機嫌だった。週明けにリディアが有休を申請してから、今日までに機嫌が徐々に下がっている。

それでいて二時間も早い彼女の退勤が迫るごとに、空気がピリピリしていた。

「質は下がっていないのでご心配なく。むしろ、早く帰るんだから多くこなしているわよ」

「どうだかな」

珍しくよくつっかかる。

「ははは、まぁそう言ってやるなブレイク。リディアはかなり仕事をこなしてくれているぞ」

ジルベリックの一言で素直に黙ってくれたが、彼はリディアが着席するまでじーっと目で追いかけてきた。

（……何かしら、そんなに睨《にら》まなくてもいいんじゃない？）

二時間の有休は申し訳ないと思ってはいるので、今日までかなり仕事をこなした。

それでも不満なのだろうか、と考えた時だった。

「フレデリックにでも会うのか」

珍しく仕事関係ではない言葉をかけられた。

「ええ、そうよ」

勤務が終わり次第に愛犬を迎えるのだから当然だ。そう思って即答したら、なぜかブレイクはさらに不機嫌な顔になった。

「――そうか」

彼が険悪な皺《しわ》を眉間《みけん》に寄せて書類確認に戻る。

ナイアック達が「ぶふっ」と噴き出した。ジルベリックがかなりにやにやと見ているが、何か言うつもりはないらしい。

変なのと思いながら、リディアは残る仕事をこなすことにした。


ほどなくして退勤し、ペット預かり所へ弾む気持ちで向かった。

「わん！」

「こんなに早く会えて嬉しい？　ふふ、私もとっても嬉しいわ！　今日も寂しくなかった？　いい子に過ごしてた？」

実家ではずっと一緒だった。昼間仕事をしていると会えないのだということを、勤務生活に慣れ始めてからひしひしと感じていたところだ。

ペット預かり所は、子供と同じように動物を預かってくれた。

毎日の健康チェックに加えて、今日はどんなことがあったのか担当者が説明してくれる。

「そう。ドッグランも満喫したのね。一番高いものも飛び越えたなんて、すごいわ」

お座りしたフレデリックを、リディアはベタ褒めして撫《な》でる。田舎《いなか》にはないから、彼も犬用の設備を満喫できて楽しいだろう。

「王都の観光を再開するわよっ。休憩で一緒にカフェにも立ち寄るの。どう？」

「わん！」

フレデリックが『いいね！』と応《こた》えるみたいに目を輝かせ、尻尾《しっぽ》をぶんぶん振った。

いざ、と思ってリディアは彼にまたがった。担当者が今日も笑顔の口元をひくっとさせ「お気を付けていってらっしゃいませ……」と見送った。

(王都、なんて素晴らしい場所かしら)

リディアは、フレデリックの上から見える光景に翡翠《ひすい》の目を輝かせる。

愛犬と暮らし続けるために、ここへ来ることを決意した。フレデリックは毎日を満喫していて、彼が充実しているとリディアだって同じくらい日々が輝いて感じる。

ここへ来て、よかった。そう強く感じた。

あとは自立して暮らす場所が確保できれば、夢は叶《かな》う。

「うおぅ⁉」

「なんだ、あれ犬か⁉　しかも女性が乗っているぞ⁉」

離れているのに、リディア達が進んでいくと通行人達が大袈裟《おおげさ》に飛びのく。

すると向こうの黒塗りの高級馬車から降りた、かなり大きくてダンディーな紳士が黒いハット帽を押さえながらガバッと振り向いた。

「なんだいそれは！　見たいっ！」

「ディーイーグル伯爵！　だめです！　陛下と蛇公爵が中でお待ちですっ！」

何やら知った単語が聞こえてきた気がしたが、それはあっという間に離れていくリディアの耳から遠くなっていった。

故郷と空気の匂《にお》いは全然違っているけれど、彼女の翡翠の目に映っていく大都会の街並みは、とても美しい。

空は、少し前まで見ていた土地と同じくらい青く澄んでいる。

（ふふ、フレデリックも嬉しいんだわ）

随分王都が気に入ったみたいだ。それなら、リディアももっと頑張らねば。

やはり自警騎士団の一員として剣も握り慣れるくらいは努力してみよう。

ブレイクと会うのは仕事中だけだし、職場内だけの小言や嫌味にも慣れてきた。仮婚約関係で悩まされたのは先日のパーティーだけ。

（そうっ、彼がなかったことにしているように、私も仕事に集中するだけ！）

そう思っていたのだが――翌日は、急きょ休みになってしまった。

リディアは余所《よそ》行き用の軽いドレスを着て、とある豪邸へと送り届けられた。開かれた門扉の向こうの庭先には、たくさんの貴族が優雅に行き交う光景がある。

（なんでこんなことに……）

実に楽しそうだが、リディアは向こうからやってくる美女を見てもう帰りたくなった。

「いらっしゃい！　待っていたのよ！」

このガーデン・パーティーの主催者であるブラック伯爵夫人、ブレイクの母のシャリーローズだ。向かってくる彼女の胸元が、たっぷんたっぷん揺れている。

（うわぁ、相変わらずなんという色気……！）

彼女に引っ張られて歩いてくるブレイクは、二割増しの仏頂面だった。同性でもどきどきする胸と尻の美女に腕を抱かれているというのに、なんて顔をしているんだこの男は。

「今日は招待に応じてくれてありがとう。楽しんでね」

「ほ、本日はお招きいただき誠にありがとうございます」

リディアは慌てて一礼した。母親と並んだブレイクは、眉間に深い皺を刻んでこちらを見ようともしない。

（不服なのがありありと見て取れるわ……）

午前中、ブラック伯爵家の邸宅でガーデン・パーティーが開催された。

驚くことに、ブラック家はシャリーローズが実質的な当主らしい。血縁者の黒馬種や、交友がある馬種の獣人族が招待されていた。

そこに、急きょリディアも跡取りであるブレイクと出席することになったのだ。

先日の王宮のパーティーに出席したのがいけなかったようだ。ブレイクが仮婚約者だと言ったことも拍車をかけ、話を聞いたシャリーローズが「ぜひウチに！」と招待状を送った。

(結局のところ、トドメを刺したのは彼自身だと思うのよね)

それなのにこの超絶不機嫌とか、理不尽だ。

獣人法では、仮婚約者も家のことなどが優先されて休暇が出されるらしい。

仮婚約者の実家へ、親族達に挨拶《あいさつ》の顔出しとあってシャリーローズのお喋《しゃべ》りの勢いにも拍車がかかっている。

「未来の娘になるかもしれないリディアちゃんが来てくれて、嬉しいわ～！　あ、リディアちゃんと呼んでもいいかしら？」

「は、はい、ですが『娘』はいささか飛躍しすぎ――」

「ブレイクったら女の子の一人も誘わない堅物なのよ。どう？　職場でもちゃんといちゃいちゃしてもらえてる？　膝《ひざ》の上に座らせるのはあたりまえよね。私も好きよ」

勘弁して欲しい。そんな恐ろしいことを聞かないでもらいたい。

「あ、あの、ブレイクは『いちゃいちゃ』という言葉は似合わない男だと思うのです」

「婚約前だから一線は越えないで欲しいけれど、まぁ勢いでしてしまったら、それはそれでいいわ。ロマンチックよね」

「すごい、この人も全然聞かないタイプだ……」

そもそも、なんてことを言うんだこの人は。

するとそばに佇《たたず》んでいる執事が「馬種はそのようなものです」と教えてきた。

その時だった。ブレイクがふいっと顔をそむけて踵《きびす》を返した。

「母上、僕はこれで失礼します。きちんと出迎えはしましました」

「ブレイク、リディアちゃん案内してあげるのはどうかしら？　みんなに紹介するとか――あ、行ってしまったわ。んもぅっ、ツンなのかしらね？」

たぶん嫌いだからでは、リディアは思った。

シャリーローズに庭園へと導かれた。楽しんでねと言われたけれど、仮婚約者として親族への挨拶だ。そもそもブレイクがいないせいで意味がない。

なんのために出席したのか分からなくなってきたが、じっとしていても終わらない。

顔出しという目的を済ませ、失礼がない程度に過ごして帰ろう。

親族と同種族のための交流の立食会だ。その中で、ただ一人の人族貴族という場違い感を覚えながらおそるおそる人々の間を歩いていく。

さすがは大貴族だ。料理から飾りつけまでかなりこだわっている。

主催者があのシャリーローズのせいか、華々しさもあった。それから――右を見ても左を見ても、子供から大人《おとな》まで見目麗しい人達ばかりなのも驚く。

（……綺麗《きれい》で色っぽいのが馬、なのかしらね？）

男性達は優雅で美男。女性達は大きめと言われているリディアの胸も敵《かな》わず、それでいて形のいい膨らんだお尻は見ていてどきどきするプロポーションだ。

その時、大人ばかりに目を向けていたリディアのスカートにとんっと何かが当たった。

いや、というよりしがみついた。視線を下ろしてみると子供達がいる。

「お姉さんがブレイクお兄さんの仮婚約者ですかっ?」

三名の男の子達のお尻で、黒い尻尾がふりふりと動いている。獣人族は成長変化がくるまで獣の外見を持っているのは分かるけど――。

「えっ、これ、馬? 犬の尻尾みたいに可愛いんですけど!?」

リディアの愛犬贔屓《びいき》な心に、男の子達の揺れる尻尾がきゅんっと突き刺さった。

◆

ブレイクは木の下にあるベンチに戻っていた。座り直したのはいいものの、苛々《いらいら》した感覚が強まって足が揺れた。

「お前がそんな風に人前で苛立つのも珍しいな。どうした?」

優しい声をかけてきたのは、父だ。ブレイクや母とは違い緑がかった白髪交じりの髪と、グリーンの獣目をしている。

「すみません。別に、なんでもないんです」

ブレイクは優しく微笑《ほほえ》んでいる父を見ていられず、ふいっと視線をそらした。

父が隣に腰を落ち着けた。ブレイクはちらりと横目に見る。

「母上がリディアと会っていましたよ。父上も、顔を見てきたらどうですか？」

「そうだなぁ、すっかり後れを取ってしまったなぁ」

ゆったりと空を、そして会場を眺めてふふふと笑う。

(――実に、のんびりとしたお人だ)

自分とは違うと感じて、ブレイクは敵わない気持ちで溜息《ためいき》を呑《の》み込む。そういう風になろうとして父は今の性格に変わったのかもしれない。

その時、銀髪の熟年の紳士、ユーニクス伯爵が嬉しそうに手を振ってきた。

「ああ、呼ばれてしまったな。どれどれ、行ってこよう。同じ会場内にいるからお前の仮婚約者とは必ず会える。そんな予感がするから大丈夫だ」

父は迷うことなくそう告げ、婿入り以来の友であるユーニクス伯爵のもとへ向かう。

「……あの人は、俺《おれ》よりだいぶ強いんだろうな」

心も、そして才能も。

そう思ったブレイクは、溜息をおし留《とど》めるように目頭を指で押さえた。

来訪したリディアを迎えた時、母はブレイクの反応のなさに目で非難してきた。褒めるくらいしてあげなさいよ、と言いたかったのだろう。

ブレイクは別に、似合っていないとは思っていない。

――リディアは綺麗だった。

今日の軽めのドレスもよく似合っている。あの日、初めてパーティー会場で見た時もそうだ。

(ピンクブラウンの髪色が、視界の端に映り込んだんだ)

ブレイクは、あの時みたいな華やかな場を目に留めてその時のことを思い返した。


あの日、彼はブラック伯爵家の嫡男として参加していた。

父の友人であり、とある事情を知ったうえで今の仕事に誘ってくれたジルベリックの頼みだったから、断れなかった。

『先日のパーティーの件は聞いたよ。君の父の後輩の俺が、力になれるのならと思って誘いに来た。元々持っているものでも君は苦しんでいるのに、こんなことになるとはなぁ……』

彼は幼い頃《ころ》から見てきたから、自分のことのように悲しそうな顔をした。

『どうしようもないんなら、まずはその個性も含めて活《い》かさないか？　うちの仕事であれば、その生まれ持った個性で不意に暴れてしまったとしても、違和感はない。その中でブレイクがなりたいような男になっていくといい』

『僕が、なりたい男……』

すぐ頭に浮かんだのは父の姿だった。

子供の頃から顔を合わせていたジルベリックは、察したみたいに優しく微笑んだ。

『焦らないでいいんだ。ほら、「ジルベリックおじさん」こと、俺がお前の面倒を見てやる』

この〝衝動〟はコントロールが効かない。

迷惑をかけると言ったら、そう思っているのはブレイクが自分で思っているほど冷たい子ではなくて、優しいからだと励ましたのがジルベリックだった。

二十歳のブレイクは、そこで彼のもとで騎士として心も体も鍛えることにしたのだ。

爵位を継ぐまでの間であれば、と父も笑顔で許した。

それまでにブレイクが『抱えている問題をどうにかできる』と信じているからだ。

(――どうして、信じられるんだ)

自分でも、止めようがない本能なのに。

ブレイクは、自分は父のようになれないんだと年々焦りを覚えた。

そして二十六歳、何も変わらないことに苛立ちも抱えていた。パーティーなんて出ている場合ではないのにと気持ちは最悪だった。

(彼が引き合わせたいと言っていた人物とは接触した、もう帰ろう――)

そんな時、彼の視界の端に、その優しい色合いが映り込んだのだ。

ピンクブラウンの髪だった。それが彼のぐつぐつと煮えた荒《すさ》んだ心を、じんわりと和《やわ》らげた。

(――なんだ?)

つられたように彼の獣目が動いた。

そこには、会場に入ってきたばかりの一人の令嬢がいた。誰かを捜しているのか、彼女の目がきょろきょろとあたりを見渡して――。

その顔が、自分へと向けられた時にブレイクはどきっとした。

女性に対して、自分が緊張していることに気付いて驚いた。

そんなことは初めてで戸惑った。しかし、今にも視線が合うと思って構えた時、その令嬢はふいっと、実にあっさりブレイクから目をそらしたのだ。

彼は、唖然《あぜん》とした。

どんな女性でも、黒馬種の魅了のような性質に視線を引っ張られる。

だというのに、彼が視線を合わせたいと思ったその女性は、彼の想像を裏切って視線を交わすことすらなかった。

(待て。僕は今『視線を合わせたい』と思ったのか？)

ブレイクは自身の心に困惑した。だが令嬢が歩いて行くので、彼は考える暇などなかった。

人混み越しに、並行して彼女を観察しながら歩いた。

普段なら異性の顔立ちなんて気にもかけていなかったが、自分が追いかけているのを不思議に思いながら、ブレイクはその令嬢をじっくりと見ていた。

(――綺麗な女性だ)

形のいい目鼻立ち、瞳は快活な輝きが宿っていて明るい性格の女性だと分かる。唇は小さくて、ふっくらとしていて瑞々《みずみず》しい。身長は平均的で細身。それでいて女性らしい身体《からだ》つきは、どんなドレスも魅力的に見せるだろう。

するとその令嬢がまた誰か捜すように会場内を見渡した。

ブレイクも、彼女と同じく立ち止まった。真っすぐ彼女を見つめていた。

その令嬢の視線は、しかしまたしてもブレイクを風景の一部のように通り過ぎていった。

『もう来ていたのね！　会えてよかったわ』

別の方向にいた令嬢と視線を合わせて、嬉しそうな笑みを浮かべ合う。

『元気そうでよかった！　リディアも、無事に来られて何よりだわ』

――リディア。

その名前に聞き覚えはなかった。ブレイクがよく出席するような場所には、足を運ばない身分の令嬢なのだろうか？

聞き耳を立てていたが、家名を名乗るタイミングはなさそうだった。

友人同士なので仕方がない。それなら、挨拶をしていく時まで待つか――。

（いや、なぜ家名など）

ブレイクは、ハタと我に返りそこから去ろうとした。

だが、その次の瞬間だった。

『ところで、彼は元気？　いつもべったりだったから抜けられるか少し心配したわ』

ブレイクは全身が冷えていくのを感じた。

（ああ、そうか。そうだよな、すでに追いかける男がいても不思議じゃない――）

当然のことを思う。なのに、焦燥のように鼓動がどくどくと大きくなるのを聞いた。

胸の奥が冷たくなると同時に、どうしてか燃えているみたいにぐつぐつと血流が増す。

『ふふふ、どちらかと言えば、あなたが彼に夢中だったわね』

『フレデリックが寂しがらないためにも、早めに帰れるように頑張るわ』

彼女の、嬉しそうな声が聞こえる。

その男に会いに行くのか。そう思い、どくんっと獣歯が疼《うず》いた。

――そこから一瞬だけ、ブレイクの記憶は途切れている。


気付いたら目の前に彼女がいた。

抵抗するならその腕でも構わないと、自分が噛《か》みついたことは覚えている。どうしてそんなにも強い欲求に突き動かされたのか分からない。

母が主催したガーデン・パーティーを眺めながら、ブレイクは自分の唇をそっとなぞった。

あの時、我に返ってハッと歯を離したのも覚えている。

求婚痣《あざ》もつかないのに自分はいったい何をしているんだ、と。

そう思ったのだが、リディアの腕に大きな黒い紋様が浮かび始めたのだ。

（残せるようになった、のだろうか）

当時を思い返しながらブレイクは考える。

けれど、誰かを噛んで確認したい気持ちは湧《わ》き起こらなかった。

この前も、リディアはその求婚痣を明らかに隠したがるドレスを着てきた。あの形のいい細い腕を、もったいなく袖で覆っていた。

あの日、リディアの袖をまくって人族令息に見せた時、見えた求婚痣にブレイクは直前までの激しい苛立ちも消えていた。

自分の求婚痣を、美しいと感じた。

リディアにつけてしまったという嫌悪感はなくて、むしろ、ついていることに充足感を覚えたような——。

（それにしても、あの苛立ちはなんだ？）

悩んだブレイクは、しかしその思案は一瞬にして怒りに塗り替わってしまった。

「あ？」

会場に移動しにくそうな人だかりを見つけた。紳士率の高い集まりの中にいたのは、リディアだ。彼女は微笑んで、そつなく対応していた。

（僕は、向けられたことがないんだが）

笑いかけている彼女の美しさに、独身の馬種の親族の男達が頬《ほお》を染めている。

ブレイクは、すぅっと感情の温度が下がっていくのを感じた。

(——彼女は、僕のパートナーだぞ)

苛々した拍子に舌打ちが出て、たまたま近くを通った使用人に驚かれた。

何か不備でもと慌てて確認され、ブレイクはなんでもないと答えてベンチに座り直すことになった。苛立ちに突き動かされそうでじっと動きを止めていた。

◆

その少し前、リディアはこのガーデン・パーティーに来て初めて気分が上がった。

「ふ、ふわふわの尻尾！　犬だわ！」

「お姉さん、僕らは犬じゃなくて馬だよ～」

リディアの前に現れたのは人懐《ひとなつ》っこい三人の子供達が、おかしいと言って笑う。

「黒馬一族はそうだよ」

「そうなの？」

「ほら、僕らお揃《そろ》いでしょ？」

彼らがくるっと背を向け、それぞれ微妙に色合いが違う尻尾をふりっふりっとする。

リディアは口元に両手をあてててガン見した。

「うわ、……うわぁあぁフレデリックの尻尾と同じくらいふわふわかも！」
「お姉さんは、ブレイクお兄さんとその人に求愛されている感じなの？」
「ブレイクお兄さんの方がいいよ。かっこいいし、強いオス！　伯爵になるし、うちで一番の独身のイケメンだし、おすすめだよ！」

子供にすすめられるってどういう……とリディアは思ったが、彼らに手を引かれてしまった。

「パパ！　パパーっ、ブレイクお兄さんの仮婚約者さん連れてきたー！」
「えっ、仮婚約者⁉　お前達今度はどこで拾ってきたの⁉」
「あ、大丈夫です、さっき到着したところなんです」

よく拾ってくるのかしらと苦労性そうな『パパ』を見て思った。

緊張も一気に解けてしまった。みんな友好的で、子供達も交えて会話が次から次へと繋がった。親族なので身内話が飛び交っていく。

それでいて時々、ブレイクはどこかに行ったのかとつけ加えられた。

（そうよね～、ほんと私が来た意味……うん、いったん彼を捜そうかしら）

いちおう『顔出し』は達成している気がする。必要ないなら、もう帰りたい。

（あ――ああぁ違ったっ、あと会えてないのはブレイクのお父様だわ）

じゃあ先に彼を捜して、と思った時だった。

「お前達、そろそろやめてあげなさい。仮婚約したばかりなんだ、ブレイクがかわいそうだろう？　さあリディアさん、こちらへ」

分からないまま、優しい笑顔に誘われて手を素直に引かれた。

「喉《のど》もすっかり渇いただろう。果実水だから酔わなくても済むよ」

「あ、ありがとうございます」

人の集まりから救出され、ドリンクが置かれた円卓でグラスを一つもらった。

「あのっ、私の名前をご存じのようでしたが、あなた様は……」

「ああ自己紹介を忘れていたな。私はブレイクの父の、ダイルだよ」

まさかこんなタイミングであっさり見つかると思っていなかった。

（お、思っていたより全然きらきら感がないわ！）

なんというか、空気がすごくのほほんとしている。体格は意外とワイルドで筋肉質感を覚えるのだが、全体的に存在感がふんわりしていて影が薄――。

「えぇとお初にお目にかかりますっ、リディア・コリンズです」

「ははは、そう緊張しなくてもいいんだよ。楽にしてくれ」

失礼なことが脳裏をよぎったので謝罪も兼ねて、なんて言えない。

すると彼が、詫《わ》びるように目を細めた。

「すまないね。ブレイクが本来は案内すべきなのに。私は大切な人達とこうして話せるからこういう集まりは好きなんだが、ブレイクは違っているみたいでねぇ。私のせいで、ちょうど半々で血の特徴が出てしまって悩ませている部分もあるみたいだ」

「はい……？」

半分、と頭の中で繰り返して首を傾《かし》げる。

「案内しなかったことをどうか悪く思わないで欲しい。昔から苦手なんだ――そうそう、ブレイクならあちらのベンチにいるよ。行っておあげ」

向こうを振り返った彼が、何かに気付いたみたい、リディアへ視線を戻してにっこりと笑ってそうすすめた。

リディアは、疑問を覚えたもののひとまず礼を告げて彼のもとを離れた。

ブレイクは木陰ができたベンチに座っていた。

「こういうところ、嫌いなの？」

みんな社交的に盛り上がっているのに、そちらを見ている彼は苦痛だと言わんばかりの凶悪な顰め面である。

「好きではない。ほとんど、参加しない」

「でも、久しぶりに会う顔だっているんでしょ？　親族の集まりくらいなら――」

「母も親族達も結構頻繁に集まりを開く。僕が別邸暮らしを始めてから、余計にだ。今の仕事がいい言い訳になっている」

あまり好きではないどころか、家族が主催の集まりさえかなり嫌いらしい。

リディアは、口元がひくついた。仮婚約者のお披露目《ひろめ》にと言われたら断れなくて、彼は余計に不機嫌なのかもしれない。

（とりあえず、帰っても大丈夫かどうか彼に聞きましょう）

考え、自然に彼から離れるように一歩後退した時、手を包み込むようにそっと掴《つか》まれた。

「座るといい」

握っても痛くない力加減の配慮がされている。

びっくりして見つめ返したら、ブレイクの眉間に皺がなくてリディアは一層驚いた。

「えーと、あなたが嫌なら座らないから、大丈夫よ」

余った手を胸の前で振ったら、ジロリと睨まれた。

「何が『大丈夫』だ。仮婚約者を立たせている方が目立つだろう」

「あなた、また仮婚約者って言ったわね。いったいどういうつもり——きゃっ」

あろうことかブレイクが、リディアを両手で抱えてベンチに座らせてしまった。それを見届けて彼も腰を下ろし直す。

「あの……何？」

予想外の行動に驚いてどぎまぎしていると、ブレイクはより顔をそむける。

「そこに座っていていい。……別に、僕は君に不機嫌になっているわけじゃない」

「そうなの？　なら、どうして不機嫌になっているのよ」

「僕だってよく分からない。君が会場に戻ることを考えたら苛々するんだ」

リディアが会場にいたのを見て苛々したようだ。

自分が参加しているわけじゃないのに？　と不思議に思いつつ、そう答えてきた彼が新鮮で、リディアはつい好奇心から横顔を覗《のぞ》き込む。

「あなたがそんな風に自分の意見を伝えてくるのも珍しいわね。プライベートではきちんと話ができる人なの？」

「どういう意味だ」

ようやく、彼の視線がリディアへと向いた。

「私、お喋りができない相手って苦手なの。だから、ブレイクって話せるイメージがなかったからそっとしておこうと思ったんだけど」

「そう、だったのか……俺はそんなに寡黙か？」

「そうね、仕事でも『お喋り』みたいなやりとりはほとんど見ないし」

「仕事中に余計な話をするのは不真面目《ふまじめ》だろう。プライベートでは話すよ。僕は君の言う『お喋りができない相手』ではない」

なんだかそこをやけに強めて言ってきた。

「ねぇ、あなたが家主催のパーティーも嫌いなのって、求婚痣を残せないから？」

ブレイクのアメシストの獣みたいな目が、自然体でリディアを捉えた。

その獣みたいな目は、そうして見てみるときらきらとして綺麗で、彼が嫌悪感もなく真っすぐ見つめ返してきたことに彼女はなんだか動揺した。

「ごめんなさいっ、ずばずば聞いちゃう性格だけどそれは聞くべきではなかったわ。反省する」

「あっさりしているんだな。……聞きたくて聞いたんじゃないのか?」

「話したくなかったらいいの」

立ち上がろうとしたら、肩を押さえられてベンチに尻が戻った。

「ちょっとっ、何するのよ」

「求婚痣を残せないのも理由の一つだ」

こちらを見つめるブレイクは切れ気味だった。

「……なんで怒って答えてくるの」

「お喋りしたいんだろ。付き合う、だから会場に戻るな」

「ブレイクが『お喋り』と言うところに違和感があるわね。そもそも私、会場に戻るなんて言ってな――」

「それに僕の欠点はそれだけじゃない。獣人族なのに相性も感知できない」

「相性?」

　ブレイクが手を離し、それを見下ろして黙り込んでしまった。

　求婚痣に続いて、また獣人族の性質の話らしい。彼の父親も『半々で血の特徴が』とかよく分からないことを言っていた。

「うーん、獣人族って色々ありすぎるのではないのかしら……」

　ベンチの背にもたれようとしてハタと止まる。

（うっ、地味にきつさが増してきたわ）

　コルセットがきつい。伯爵家という場所を気にして姿勢をよくしていたせいで、普段より締めていることもあって限界がくるのが早い。

　とにかく意識してはだめだ。顔にも、出してたまるものか。

　もう少し、帰れるまではと思い、リディアは苦しい息を吐き出すように明るめの声を出した。

「特殊能力とかそういう話ではなくて、ただの相性よね？　そう深く考えることかしら」

　ブレイクが溜息をこぼして見つめ返してくる。

「本当に獣人族のことをあまり知らないんだな……」

「すみませんね、分からなくて。でも人付き合いの相性くらいなら、特殊な感知能力はいらないと思うけど。この人の空気がいいなぁとか、それくらいでいいのよ」

「君の『フレデリック』みたいにか」

　やけに愛犬のことを引っ張るなとリディアは思った。犬と人間を比べられても困る。

「とにかく、そうひねくれて考えなくていいってことよ」

考え事をしたら余計にコルセットが苦しくなってきた。

そろそろ立ち上がりたい。それで、緊張しない場所でいったん休み直したい……。

水でも取りに行きたいところだが、あの人混みに入ったら話しかけられて水分補給どころじゃなさそうだ。

(ブレイクは会場に戻る気はなさそうだし、それなら帰ってもいいかも)

リディアはそう考え、隣の彼へ顔を戻し向けた。

ブレイクはさっきと同じようにずっとこちらを見ていた。

「ところで、そろそろ帰ってもいいか聞こうと思ってここへ来たの。それとも獣人貴族だともう少しいる必要はある?」

「顔は見せたんだ、もう帰ってもいい」

そっか、と思ってリディアは安心感から笑みを返した。

ブレイクが、少し目を見開く。

コルセットがきついとバレて恥ずかしい思いをせずに済んだ。よかったと思いながらリディアは立ち上がった。

だが歩き出した時、エスコートするみたいに手を取られて、彼の腕に絡められた。

「だから、僕も帰る」

「……はい？」

そういえば彼は別邸で暮らしていると言っていた。

けれど帰るタイミングを揃えられるなんて想定外だ。リディアが戸惑ってる間にも彼は出口へと導き、執事を呼んで帰ると声をかけていた。

屋敷を出たあと、ブレイクと歩く。

馬車で送ることを提案されたリディアは、さらに困惑して断った。そうしたら彼も歩くといって、ついてきてしまったのだ。

（……なぜか一緒に帰り道を歩いているわ）

ブレイクが馬車で送ることを提案してきたのも驚きなのに、なぜ、リディアは彼の実家を出たあともエスコートをされているのか？

（どこまで一緒に行くつもりかしら）

リディアは困り果ててしまった。彼の手前『休む』なんて弱い提案は言えない。

けれど、コルセットがきつい。

あそこで帰るなんて言わず、フィッシャー宅の馬車を待っていた方がよかっただろうか。

けれどいまさら戻っても執事はブレイクがリディアに確認し、告げたように馬車は不要だと知らせを出しているだろうし――。

「大人《おとな》しい君は気持ち悪いな」

「ひどい」

突然なんだ。そう思って隣を見上げたら、ブレイクがそわそわして視線を逃がした。

「その、喉を潤す時間がなかったよな。少し休憩するか」

聞き間違いだろうか。

「あなた、喉が渇いてるの?」

「違う。それは君の方だろう、それでいて休憩したいと思ってる」

指摘されて、ぎくりとする。彼が目敏《めざと》く反応して、獣みたいな目をすぅっと細めた。

「そ、その観察するような見方はやめてっ」

「じゃあ休憩したいんだな?」

ずいっと美貌《びぼう》の顔を近付けられて、リディアは反射的に首を引っこめた。

今の彼はやけにしつこい。それでいて、彼は自分の色気がどれだけダダ漏れているのかきちんと把握すべきだ。

「大丈夫、私、えぇと……うん、一人で帰れますっ」

目の前の色気がやばい。それから、身体を後ろに傾けたせいでコルセットが余計にきつくなってしまった。

頭がうまく回らなくなって、ブレイクの腕をかわしてくるっと背を向けた。

だがその途端、後ろから彼の腕が回ってきて、リディアを軽々と抱き上げた。

「きゃあぁっ、何々⁉」

「大人しく少し休め」

ブレイクがあたりを素早く見て、大通り沿いのカフェに視線を定めた。

宙に浮いている自分の足を見ている間にも、リディアの身体は彼によって運ばれてしまった。

カフェの外席に座らせ、ブレイクが店員を呼びつける。

「果実水でいいか？」

「え、ええ、いいけど」

彼の突拍子もない行動力に心臓がまだまだ落ち着かないのだが、どうにか頷《うなず》き返した。

少しもしないうちに店員が二人分のドリンクを持ってきた。

「さぁ、飲め」

ブレイクにグラスを寄せられて、リディアはおずおずと両手に持った。

飲んでみると、冷たい水につけられた果物の優しい甘さがじんわりと身体にしみた。

（美味《おい》しい……）

コルセットで熱を持っていた身体が、ほんの少し楽になった気がした。

それにしても意外だ。リディアは、上目遣いに彼の方を見た。

（私の調子が悪いと歩きながら気付いて、休ませてくれた……）

じっと見つめていると、リディアの視線を感じ取ってブレイクが再びそわそわした。しかし彼は見つめ返さず、円卓にグラスを置いて指で小さく叩《たた》く。

「……その、こういう時に君のフレデリックとやらは、どうする？」

「はい？」

唐突な質問で、間の抜けた声が口から出た。

「彼が君の理想なんだろう」

家族で、素晴らしい愛犬なのは確かだ。賢い男の子である。

「まぁ、励ますのも一番うまいけど、なぜそんなことを尋ねるのよ」

「僕はこれまで、女性相手に気遣いをしようと考えたこともない。だからっ……やり方が、分からない……」

リディアは呆気《あっけ》に取られた。

やはり彼は体調を気遣おうとしたみたいだ。それでいて『分からない』と正直に口にしてきたのも、意外で。

「ふふっ」

嫌な奴《やつ》が、なんだか急に二十六歳の可愛い男に思えて笑みがこぼれてしまった。

ブレイクが「んん」と妙な咳払《せきばら》いをする。

「ごめんなさい、あなたをバカにしたわけじゃないのよ」

「知ってる……それくらい見分けがつく。それで、答えは？」

「どう対応するだとか気にしなくていいわ。休ませてくれただけで紳士としては合格点よ」

「相変わらずずばずば言うな、でもどうせ比べるんだろ？」

今日はやけにしつこい。リディアは、じとっと見つめてくるブレイクに小首を傾げる。

「比べられても、あなたなら気にしないでしょ？」

「もやもやするんだ、比べられているかと思うと、こう……」

「あ、負けず嫌い的な？」

「……かも、しれない」

ブレイクもよく分からないようで、首を捻《ひね》っている。

「こういう時、彼ならどうするんだ？」

一度悩むように落とされた視線が、リディアに戻ってきた。

どうしても知りたいらしい。いつもクールに引いていく感じと違って、自尊心と戦いながらも尋ねてきているのは分かる。

そもそも彼は、人間と犬を比較するなんて無茶な要求をする。

彼が真剣なので、仕方なくリディアも誠意に応えて考えてみることにした。

「そうねぇ……すごく気遣えるから、全部言うと長くなるんだけど」

「待て、そんなに褒めるところがたくさんあるのか？」

「あるわよ。でもちょっと黙ってて、集中するから。フレデリックなら……まぁ、この状況だとたぶん気にしないかも。真っすぐ帰宅コースだわ」

「気遣えるのに、何もしないのか？」

「そう疑われてもね。元気づけようとする時は、勝手にはしゃいだり、時々舐《な》めたりとか」

「なんだって？」

ブレイクが円卓に片手をついて、身を乗り出してくる。

「舐めるのか？　君を？」

「え？　そうだけど」

びっくりして答えたら、彼も驚いたみたいに少し珍しい表情をした。

「どこを舐めさせるんだ」

「はぁ？　どこって、顔とか。だって、はしゃいだら舐めてくるものでしょう？」

彼が、ぽかんと口を開けた。ややあって椅子《いす》に腰を落とすと、大きく息を吐いて額に手をあてる。

「……相手にそう言いくるめられたんだとしたら、君はとんでもない箱入り娘だ。獣人族のこともあまり知らないし……はぁ、この調子でよく王都に出させてもらえたな」

「私はしっかりしてますっ」

「いいや、しっかりしていない。君は嘘《うそ》を吐《つ》かれているぞ」

いったい彼はなんの話をしているのだろう。痴話喧嘩だと思われたのか、なんだなんだと店内から客と店員達が注目してくるのを感じて、リディアは恥ずかしくなる。

「わ、私のことはいいのっ。実を言うとコルセットが苦しくなっただけ！　フレデリックはそこまで器用じゃないし、緩められないから――」

「分かった。なら、僕が緩める」

「――は？」

真剣な顔をして、今、目の前のイケメンがおかしなことを口走った気がする。

するとブレイクが立ち上がった。リディアの椅子の後ろに回ると、早速背中のコルセットの紐《ひも》に触れた。

「ちょ、ちょっとっ、そんなところを触る紳士がいる⁉」

さすがのリディアも異性を意識して恥じらった。緩めるのが伝わってきてギョッとし、慌てて止めようとした。

だがその手を、握られてしまった。

ブレイクが驚くほど顔を近くに寄せてきて、リディアは息を呑む。

「――舐めるのも許すのに、僕が紐に触るだけのこともだめなのか？」

耳朶《じだ》に触れた美声に、背がぞくぞくっと甘く震えて腰が立たなくなった。

（う、嘘でしょっ？）

こんな時に限って身体に力が入らなくなるなんて、最悪だ。

しかも彼にはバレたくない。けれど覗き込む彼からは猛烈な色気がむんむんと出ていて、羞《しゅう》恥《ち》に体温はどんどん上がっていく。

「仮婚約者だ。親切に緩めているだけだろう」

ブレイクが強行して、両手でコルセットの紐を掴んだ。

直後、それをぐいっと引っ張り上げられたリディアは、細いウエストごと胸が持ち上げられる感覚がした。

ブレイクの手つきは、明らかに男だと分かる力強さだった。

「ひゃうっ」

その瞬間、胸にきゅんっと甘い痺《しび》れが走り抜けるような衝撃に変な声が出た。

(え、えっ、何っ？)

リディアは困惑した。胸がばくばくいっている。そろりとブレイクの方を確認してみると、彼は目を丸くしていた。

(――聞かれたんだわ)

リディアは、そう悟ってみるみるうちに赤くなった。

「あ、あの、私も、わけが分からなくて」

なんの感覚なのか、さっぱり分からない。いつもメイド達にコルセットの世話をされたが、

今みたいな甘い刺激なんて感じたことがない。

ブレイクが生唾を飲み、恥じらいに色づいたリディアの頬にそっと手を滑らせた。

「な、何？」

「君は、その顔を、普段から『フレデリック』に見せているのか？」

ここにきて変な質問をされて「は？」と声が出た。

そのままブレイクの顔が近付いてくる。リディアの髪に彼の指先が埋まり、その手が後頭部へと滑った。

「ブレイク……？」

店内から客と店員達が、首を伸ばして息を潜めて見つめていた。

不思議に思ってきょとんとするリディアの唇に、彼の口が近付いて――。

だが次の瞬間、リディアは大通りから突如響いた騒音に彼を突っぱね、悲鳴を上げていた。

「そこの馬車今すぐ止まれえええええっ！」

「うるっせぇ捕まえてみろポンコツ警備部隊があああ！」

「きゃあああ!?」

思わず肩をビクーッとして振り返る。

大通りに、手製だと思われる装甲板を張りつけた馬車が飛び出した。続いて警備部隊の馬車が二台、同じく騒々しい急カーブ音を上げて通りに乗り上げた。

「お前達の盗み癖はどうにかしなさい！」

「そうやって上品に説教してるとらしくねぇぜ、王都警備部隊長さんよ！」

「そうだそうだ！　若き狼総帥《おおかみそうすい》がいなきゃこっちのもんだぜ！」

「あんだとこのクッソがああああ！　俺が人族で隊長なのをナメてんのか⁉　ああん⁉」

馬車の御者席で、マントを着た警備部隊の男がメガホンを持って立ち上がった。

その男の腰に部下らしき男がしがみついて「隊長違いますっ！　そんなこと相手は言ってません！　危ないですよ！」と涙目で叫んでいる。

「そういうところがだめなんだよ！　そうされると嬉しくなって、あんたに挑戦したくなるのが俺達獣人族の性《さが》！」

「あんたが治安部隊からいなくなって寂しいんだっ！」

「もっと構って！」

何やら、犯罪者とは思えない憎めない台詞《セリフ》のオンパレードが聞こえてくる。

（じゅ、獣人族がいる王都って、これが普通なのかしら……）

町の人々も慣れている感じがあった。獣人族は「よっしゃ旦那様、馬車よけます！」と言ったり、人族は「おーい、みんな避難！」とやったりしている。

「……ん？」

不意に、リディアは真横に風を感じた。

見てみると、そこにいたはずのブレイクがいない。

逃走車と追跡車が、カフェの向かい側に差し掛かった。その瞬間、前方に瞬間移動かと思う速さでブレイクが現れていた。

（え、えええぇぇぇ！）

危ない、そうリディアは叫ぼうとした。

だが、ブレイクが右腕を振り上げ――次の瞬間、正面からその拳《こぶし》に打たれた逃走車が砲弾のような爆撃音を上げて吹き飛んでいた。

「え」

間もなく、リディアの口から引きつった声がもれた。

逃走犯達の馬車が、王都警備部隊の馬車の上を越えていく。そこで嘶《いなな》く馬達も、気のせいか宙に放り出される犯人達と同様に泣いている気がした。

「はっ――待って、馬！」

なんてことをするんだ。そう思ってリディアが柵に駆け寄った時、ブレイクがぴくっと反応して、弾丸のように宙へ飛び出した。

彼は素手で縄を千切《ちぎ》り、一頭を脇に抱え、もう一頭を背負って着地する。

「……地面、めり込んでいるんですけど」

馬は何百キロあると思っているんだ。リディアは、これが現実の光景か余計に分からなくなって混乱した。

かと思ったらブレイクは、まるで暴走車のごとくまた急に動き出した。

馬が逃げていくそばで、彼は落下してくる馬車に飛び掛かって拳で見事に叩き割っていた。

（ああ、これは夢かもしれない）

リディアは散らばっていく馬車の破片を見て、そう思った。

獣人族は身体も頑丈なのか、地面に落ちた犯人達が逃げ出そうとした。だが彼らが動いた瞬間、まるで逆鱗《げきりん》にでも触れたみたいに、同時にブレイクも動き出す。

まずい、相手が死ぬ――リディアは瞬間的に背筋が冷えた。

「だ、だめっ！　ブレイクっ、ステイ！」

咄嗟《とっさ》に、いつも使ってる犬への指示が口から出た。

ブレイクが、拳を犯人の一人の顔面の手前で、ぴたりと止めた。

犯人達が一斉に腰を抜かした。この大騒ぎの中、ブレイクに自分の声が届いてくれるとも思っていなかったリディアも呆《ほう》けた。

軍装馬車から降りた王都警備部隊員達が、惨状を呆気に取られたように眺めた。

「あー……またビルスネイク自警騎士団の副団長か。また派手にやったなぁ」

隊長と呼ばれていた男が、後頭部を呑気《のんき》にかく。

（いつもしてるの？　これを？）

人も、いちおう馬だって無事だ。

その光景にリディアはその場にへなへなと座り込んだ。

出会った時は、氷みたいにクールだと思っていたが——どうやらブレイクは、めちゃくちゃ肉弾戦派のとんでもない獣人族だったらしい。


騒ぎを聞いたのか、ブラック伯爵家の馬車でブレイクの父であるダイルが、執事と共に駆けつけてくれた。

リディアの無事を確認したブレイクは、彼らに任せて王都警備部隊と話している。

犯人達は速《すみ》やかに拘束《こうそく》された。泣きながらの現場検証を兼ねた事情聴取、あとの話し込みは通りの惨状についてだろう。

ダイルは、フィッシャー宅に知らせを出しておくと言ってくれた。

執事が先にそれを伝えに行ってくれるとのことで、リディアはその言葉に有難く甘えることにした。

何せ、衝撃が強かった。彼女はカフェの外の縁側に座って呆然《ぼうぜん》としていた。

(なんか、腕の一振りだけで色々と破壊したんだけど……)

獣人族は、戦闘種族だとは聞いていた。

王都に来ると、たびたび力が強い様子だって見かけた。だが、瞬間的に、それでいて一呼吸でみごとに破壊されるさまは初めてだった。

「驚いたかい？」

執事を送り出したダイルが、そばに戻ってきて隣に座る。

「あっ、伯爵様を縁側に座らせるわけにはっ」

「いいんだよ。私は当主ではなく、惚《ほ》れて婿入りして妻を支えている一人の夫で。それから一人の、自慢の息子を持った父親だ」

彼はほのぼのとした感じで微笑みかけてくる。

リディアは躊躇《ため》ったものの、通りにいるブレイクをちらりと見て質問に答えた。

「その……ブレイクがスイッチでも入ったみたいに暴れたのには、少し、驚きました。なんというか、一つの行動にかかるまでがものすごく速い、というか……？　馬の獣人族だと聞いていたので、暴れ馬？　なのかなとか考えても想像がちょっと結びにくくて？」

「ははは、まだ混乱しているみたいだね」

「す、すみません。とにかく意外で」

「いいんだよ。それにブレイクの場合は、暴れ馬の方ではなくて、ワニだからね」

リディアはあわあわとしていた身体を、ぴたっと止めた。

「…………はい？」

「私が巨大ワニなんだ。だから、ブレイクも同じ」

彼がのほほんと自分を指差し、続いてブレイクの方へ向ける。

それもまた、リディアには衝撃の事実だった。口をぱくぱくしている間にも、彼はのんびりとした空気で言う。

「私は数少ない古代種の『古代大ワニ』と言われている種族でね。ブレイクが美男なのは母譲りで、戦闘タイプと性質は、私譲りなんだ」

リディアは、ハッと思い出す。

「あっ、だから半々とおっしゃって……？」

「そうだよ。獣人族は血の強い方の子が生まれるから、半分ずつ持つというのは滅多にいないんだけど。強烈な美と愛の神獣話の伝承を持つ妻の黒馬、それと同じくらい私の古代種の血が強かったから、ブレイクは両方持って生まれたようだ」

ブレイクは生まれた時、黒馬種であるシャリーローズの一族と同じく黒馬の尾を持っていた。だが同時に、背には、父であるダイルの〝うろこ〟も現れて皆驚いたそうだ。

「君は人族で、それでいて獣人族をあまり知らない地方から来たから、できれば怖がらないで欲しいと思いながら話すよ」

ダイルの一族の古代大ワニは、触れられたら一瞬にして食らうという獰猛《どうもう》種だという。

——理性のない狂暴性。

動く〝獲物〟に反応し、自分の縄張りから〝敵〟がいなくなるまで暴れる。

「だから……あの速さが……」

「ブレイクは、古代大ワニの狂暴性を悩み続けているからね……だからまだ話していないと思っていた。私の方から話してしまって、ごめんよ」

「いえ、知れてよかったと思います。ありがとうございます。ブレイクは、今日話していてなんとなく確信してしまったのですが、人との交流というか、プライベートな語り合いには慣れていないと思えて」

リディアは、向こうに見える彼を見つめた。

不器用――な気がしたのだ。さっきだって、気遣うにはどうしたらいい、とびっくりするくらい正直に正面から言ってきた。

「お話を聞いて、それも人を避けていたせいなのかな、と」

気に、しているのだろう。

そして瞬間的に狂暴性が出てしまうことを自分で注意している。ダイルに答えを求めて視線を向けると、彼が微笑んで強く頷いた。

「なら、パーティー嫌いを悪くは言えませんね。すっきりしました」

リディアは優しい顔で苦笑した。

「それはよかった。でも一つ、また聞きたいことが生まれたみたいだよ？」

「ふふ、敵いませんね……ブレイクが戻ってくる前に聞きたいことがあるんです。彼は相性も感知できないと気にしてました。それも、受け継いだ性質が関わっているんですね」

「医者はそう言っていたなぁ。古代種の巨大ワニの狂暴性が強いせいで、感覚を邪魔しているのだろう、と」

「あの、実は私、彼に打ち明けられた時に……」

ブレイクに相談された時、軽い気持ちで助言をしてしまった。

リディアはダイルに事情があるのだと教えられた時、ベンチでのやりとりを気にしていた。ろくに獣人族のことを知らない状態だった。軽率な行動だったかもしれない。

もし違ってしまっていたのなら、ブレイクに謝ろう――そう思って彼の父に相談した。

「ふふ、君は優しい子だね。それでいいんだ。彼は少し鈍いだけなんだ」

ダイルは聞き終わると、優しい笑みを浮かべた。

その時、執事が馬車と共に戻った。ダイルがリディアを優しく立ち上がらせて、それから執事に報告を聞く。

(狂暴なワニの獣人だとは思えない素敵な人だわ……)

リディアは、屋敷には無事を知らせたと教えてくれたダイルを見て思った。

そのタイミングで、ブレイクが王都警備部隊のところから戻ってきた。

現場での話し合いは終わったそうだ。この件はビルスネイク公爵家の自警騎士団として協力した、という形を取るらしく、明日、明後日、書類処理の件で来訪があるが自分が対応するとまでブレイクは語ってきた。

（……今日は、よく喋るわね？）

リディアは彼をじっと見上げていた。ダイルと執事が、送るため馬車の前で待って様子を見守っている。

するると、報告する内容を全《すべ》て語り終えたブレイクが突然動じた顔をした。

「ま、待たせたのを怒っていたりするのだろうか」

「……はい？」

今日は、珍しい彼ばかり見ている気がしてまたしても『はい？』が出た。

「紳士としては、レディを置いて仕事の方を優先するのはいただけないことだとは分かっている。だが、王都警備部隊が君に話を聞くことは絶対に嫌だとも思ってしまい」

何やら、彼が早口で言う。

リディアはぽかんと口を開けていた。後半の言葉が耳によく入らない。

（紳士？　あの彼が、紳士って言った？）

どういうことなのか考えた。すると、ブレイクがちらちらとうかがってきた。リディアはそこに愛犬の様子が重なって「あっ」と思った。

（これ、『悪いことをしたな』という時の、犬っ！）

するとピンときたリディアを見て、ブレイクの後ろから執事が『まさにその通りです』という感じの仕草をした。

さすがは伯爵家の執事だ。リディアはなるほどねと納得して頷く。

「さっき本能で暴れてしまったことを気にしてるの？」

執事が、向こうでひっくり返った。ダイルが「おやおや」と顎《あご》を撫でて眺める。

ブレイクが「うっ」と言葉を詰まらせた。

「……君は、本当にずけずけと言うよな」

「気にしてないわ。馬もあなたのおかげで助かったし、誰も大きな怪我《けが》はなかったみたいだし」

拘束されているのを見ていた時に、軽傷なのは分かっていた。

犯人達は王都警備隊長にぶつくさ言うくらい平気だった。町の人達の慣れた感じの理由はそこなのだろう。獣人族の身体の頑丈さには驚いたものだ。

「それに狂暴だとか言っていたけど、馬車以外にはあまり壊れもしなかったじゃない」

「いや、それは君が僕に――」

言いかけて、ブレイクの言葉が途切れる。

「私が、何？」

「なんでもない」

ぱちりと目が合った瞬間、彼がさっと視線を逃がした。狂暴性を見せてしまったことをまだ気にしているようだ。

「本当よ。私、気にしてないわ。あなたはずっと気を付けてきた、優しい人でしょう」

本人が気にしている時は、気にならないことを示す方が早い。

ブレイクがハッと見つめ返してきた時、リディアはにっこりと笑いかけた。彼がぐっと息を詰まらせる顔をした。

「送ってくれるんでしょう？　ちょうど馬車が来てよかったと、さっき言っていたわよね」

「そ、そうだな。たしかにそう言った」

ダイルがにこにこしていることに気付いたブレイクが、調子を戻すように急ぎ咳払いをする。

そしてリディアを馬車へと導く。

「ところで、……コルセットがきつくて苦しいと言っていたことは、今は大丈夫か？」

今度はブレイクの言葉を聞いて、執事がひっくり返った。

「ふふっ、びっくりして吹き飛んじゃったわ。ああ、ほっとして吹き飛んだ、が正しいわね」

「意外と素直なんだな。――ああ、いや、そうか、君はずっとそうだったな。言いたいことを言ってくる、感情豊かで怖いもの知らずでもあった」

レイの事務所で、再会してから今までのことを言っているのだろうか。ちょくちょく彼らしい言葉が交えられているが、リディアは褒められていると分かって頬が熱くなった。

なんだかどきどきした。ブレイクこそ、素直な気がする。

「とりあえず、コルセットがまた苦しくなってくる前に送ってちょうだい。明日は仕事があるんだから、今日はもうゆっくりするわ」

リディアは照れ隠しみたいに可愛くないことを言ってしまった。

五章　賢い愛犬と不機嫌な副団長様

リディアは出勤してすぐ、昨日あったことを団長のジルベリックに報告した。

自警騎士団の協力があったという形が取られるため、彼はもちろん先に出勤しているブレイクにその話は聞いていた。

「ブレイクは、一度向こうの本部に言ってくると言って出掛けた。それにしても馬も無傷だと感謝状が届いてるし、大きく損壊したのは馬車だけ――さすが仮婚約者。止めるのが早いな」

報告書の束を改めてめくったジルベリックが、にやりとする。

「私は関係ありません。事態が落ち着いて、ブレイクが勝手に止まったんです」

「よしっ。今後も仮婚約者の君をブレイクと組ませよう！」

「えぇぇーっ！　仮婚約がなんの関係が――」

「高給料」

ジルベリックが勝ち誇った顔で業務に戻る。

一瞬で反論を呑《の》み込んだリディアを、ナイアック達が「うわー……」と眺めた。

「リディアさん、そんなに金銭に困り事があるの？」

「王都で愛犬と暮らすための引っ越し資金……！」

うまくいけば二ヵ月目の給料では頭金ができて、アパートメントも契約できる。

まさかまたブレイクと外の任務にあてられるのだろうか。あれで最後だと思っていたのに、とリディアは思う。

ブレイクに嫌な顔をされる未来しか浮かばない。かなり嫌がられそう――。

(ううん今は考えないっ、まずは目の前に集中!)

愛犬フレデリックのためにも、ここで長く仕事ができるようリディアは努力しているのだ。

さらなる頑張りの計画を、今日早速始めようと彼女は思った。

◆

ブレイクは通常業務をいったん挟んだのち、司法機関からの書類を持って再び王都警備部隊へと向かっていた。

(舐《な》められるってなんだ?)

昨日、リディアとカフェで話してからずっともやもやしている。親族達と話しているのを見ていた時と似ている。

つまり、自分は気分がよくないのだとブレイクは歩きながら考察した。

狂暴性を見せてしまった時、彼女に名前を呼ばれ、止まれというような言葉を出された瞬間に身体《からだ》が反応した。

それも、不思議でならないでいる。

ブレイクがうまく語れないと分かって、父が先にリディアに事情の説明役を買ってそばにいてくれたのは察していた。

獣人族の耳に話し声が時々聞こえて、ブレイクはらしくない緊張を覚えた。

実際に見て、話も聞いたのに、それでも彼女はいつも通り接してきた。

近付くのも平気で、普通に会話もした。肌に触れたら暴走するんじゃないかとか、そんなことを考える素振りもない。

『僕はこれまで、女性相手に気遣いをしようと考えたこともない。だからっ……やり方が、分からない……』

本音をどうにか頑張って伝えた自分にも驚いていた。

これまで素直になるなんて、気難しいブレイクはしたことがなかった。

――そう、あの『舐められる』と聞く直前のことだ。

(彼女は、はっきりものを言う女性だ)

彼は王都警備部隊の建物に入りながら、またしてもその件について考える。

堂々とした物言いは、距離を置く話し方をされるのがなぜだか気に食わなくて、ブレイクが許したものだが。

鍛錬して汗を拭《ぬぐ》っていただけなのに、上半身くらいで避けられそうになった。

貴族紳士として当然のエスコートにも初々《ういうい》しく、慎重に手を触れさせた。

だというのに『フレデリック』には舐められるくらい普段から気を許しているのか。

された彼女がもうしないでとはっきり言ったり、本気で怒ったりもしないから相手も『時々舐める』のでは？

「書類をたしかに受け取りました。それではまた何かありましたら、ひぇ」

一階の受付にいた王都警備部隊員が、ひゅっと声を絞った。

想像した途端、ブレイクは腹がカッと熱くなるくらい腹立たしくなった。

彼女ではなく、それくらい信頼を勝ち取っている〝オス〟に、だ。

だが、ハタと目の前にいる若い部隊員の存在を思い出した。周りの部隊員からも注目されているのを感じて一礼する。

「それでは、失礼する」

踵《きびす》を返し、出口へと向かう彼の頭にあったのは『フレデリック』という男の存在だ。

先日、二時間の有休を取った時も、彼女をウキウキとさせた原因。

仕事帰りに会うのかと思ったらブレイクは苛々《いらいら》してしまい、他《ほか》の部下にはしないような必要以上の小言まで口にしてしまう。

（――わけが、分からない）

リディアに近付くオスに、苛々するのだ。

それから、彼女が信頼してやまない、そのフレデリックが――憎い。

(憎い？)

建物の外へ出た一瞬、ブレイクは眩《まぶ》しさに獣目を細めた。その際自分の心にふっと浮かんだその感想に、ややあって首を捻《ひね》った。

(僕は、いったいどうしたんだ？)

彼女に出会ってから、ずっと変だ。

それから昨日、他のオスにまだ触れられていないのならと突き動かされ、コルセットに触れた時に聞いた、リディアの甘い悲鳴――。

羞恥《しゅうち》で目が潤んで、赤い顔をした彼女に振り返られた際にどきっと胸がはねた。

平気でつっかかり、一人でも大丈夫だと可愛《かわい》くなくツンとしているのに、あんな胸を甘酸っぱくするような表情をするなんて――。

本人は身体が反応してしまったことが、よく分からなかったらしい。

それもブレイクはぐっときた。なぜだか唇に目を吸い寄せられて、そこからの記憶は狂暴性の暴走で一瞬途切れている。

(あの時、僕は唇に触れることを考えていなかったか？)

ブレイクは顎《あご》に手をあて、ツカツカと歩きながら考える。

相手は十八歳の娘だ。どうして『触れたい』なんて欲求に突き動かされたのか？

そもそも母がリディアを、結婚相手として素敵な娘だと褒めていた時に嫌な気持ちはなかった。むしろ――。

（むしろ？）

ブレイクは、自分が分からずまた苛々してきた。

その時、気配を察して視線を上げると、数人の職人らしき男達が向かってくる姿があった。

「その制服は、蛇公爵様のところの自警騎士団ですよね？」

「そうだが」

こうして話しかけられるのも珍しい。訝《いぶか》しみつつも、頷《うなず》く。

「ちょうど話していたところなんですよ！」

「そちらに入ったという噂《うわさ》の新米さんのことです。たしか女性の文官だとか」

というと、リディアのことで用があったらしい。

「もう気になって気になってっ」

「おい、すまないが見惚《みと》れたという話なら――」

「犬に乗って移動している令嬢だというのは本当ですか⁉」

「――は？」

「やたら大きな犬に乗ったその女性は、蛇公爵様のところで雇われているとか」

「うちの家内も見たそうなんです。あれって犬なんですか？　すっごくもふもふの、毛並みがつやっつやの、とにかくでかい丸い生き物だそうで」

その噂は、町中でかなり有名になっているらしい。

よほど興奮しているのか、貴族相手なのに男達がどんどん喋《しゃべ》る。それを珍しく遮らずに聞いていたブレイクは、

「――――は？」

長らく間をおいてようやく、そんな間の抜けた声が出た。

◆

その頃《ころ》、リディアは休憩時間を使って訓練場に来ていた。

「素振りはっ、なかなかっ、楽しいっ」

木刀を「ふんっ」と振りながら、見ていてくれている先輩騎士に答えた。

永久就職するなら、やはり責任感をもって相応《ふさわ》しい人員にならないといけないと思うのだ。

(そうっ、みんな剣が扱えるし、私も木刀くらいなら握り慣れよう！)

武器なんて使ったことがないので、ひとまず自分がみんなのように『鍛錬』とやらができて安全そうなのは何か尋ねたら、

『……ぼ、木刀の素振り、かな……？』

　ジルベリックはそう答えた。

　確かに体力作りにもなるし、ばっちりだと思う。ナイアック達が協力を申し出て、怪我《けが》をしたら大変なので誰《だれ》かが必ずそばにいる状態ですることが決められた。

　休憩が合った面々が、代わるがわる回廊から訓練場を眺めて見守ってくれる。

「本人はやる気なんだけど、どうも型を呑み込ませてあげられる気が全然しない……」

　ナイアックが、そばで心配そうに佇《たたず》んでリディアの素振りを見ていた。

　少し後ろにある回廊の縁に腕を乗せた騎士達が、同意する。

「振り上げるのが危ういのは確かだよな……」

「人には向き不向きがあるけど、リディアさんはじっとする仕事が向いているんじゃ……」

「振り上げるどころじゃない。振り下ろす時も俺《おれ》はどきどきする……」

　何やら、回廊側で騎士達がぼそぼそと話している。

「ねぇっ、私なかなかっ、形に、なっている気がするのっ」

　リディアは素振りをしながら「どう!?」と嬉《うれ》しくなって聞いた。

　顔を向けたと同時に、彼女の手から木刀がすぽーんっと抜けて飛んでいった。

「うお、うおぉおおぉぉまた来るぞ!?」

「どこに今度は突き刺さる!?」

くるくると回って上空高く飛んだ木刀に、騎士達が悲鳴を上げる。

「というか、投げた木刀が確実に刺さる方向で落ちるとか、ある意味才能――」

直後、廊下にいた騎士達がナイアックへ一斉に飛び込んだ。

ナイアックが一緒に横へ飛んだ直後、地面に木刀がびーんっと突き刺さった。

「あ、ごめん」

リディアは、今になって自分の手に何もないことに気付く。

「リディアさんっ、木刀から目を離しちゃだめ！　何度も言ってるけども！」

「運動神経は悪くないのに、どうして極端に不器用なところあるの!?」

「とにかく顔はっ、木刀振っている時は正面で！　とにかく集中！」

力強く助言してくる先輩達に、リディアは感動した。

「お疲れ様です！」

その時、一人の騎士が気付いて、全員が回廊に向かって素早く頭を下げた。

ブレイクが廊下から現れ、訓練場へと降りてくる。

「お戻りになられたんですね」

「ああ、今戻った」

「でも珍しいですね、副団長はいったいなんの用で訓練場に立ち寄っ――」

発言したナイアックが、ハッと息を呑む。

騎士達も同じ緊張感を漂わせた。木刀を抱き締めた一人が、まさかという顔で口を開く。

「副団長っ、まさか、とうとうようやく自覚をっ――」

全員が彼の口を塞《ふさ》いだ。ブレイクが訝しんでした顰《しか》め面を、そのままリディアへと向ける。

「というよりリディア、何をしている？」

「見て分かるでしょ？　特訓よ」

ブレイクが顔をさらに顰める。リディアは邪魔にならないよう高い位置で一つ結びしていた髪を揺らし、彼に向き合う。

「永久就職するために、少しでも使える人材になろうとしているの」

真っ当なことを言ったのに、彼はますます不可解そうに睨《にら》み下ろしてくる。

何をしても気に食わないのは分かっていた。なので、リディアは平気だ。

「いつからしている」

「今日からよ。団長には許可を取ったし、必ず人をつける約束でしているから大丈夫」

リディアは、休憩時間に顔を出してくれた先輩達を示す。

ブレイクがゆっくり見て、ナイアック達が「ひぇ」と縮こまった。だが彼は、嘆息してすぐ眉間《みけん》の皺《しわ》を解く。

「そのことはまたあとでじっくり話すとしよう。急ぎ確認したいことがある。リディア、君が犬に乗って移動しているというのは本当か？」

ナイアック達が目を丸くし、一斉にリディアを見た。

「そうだけど？　それが何？」

今度はブレイクが絶句した。

するとそれを見た部下達が「いやいやいやっ」と代わりに声を出してきた。

「待って待って、リディアさんが飼っているのって犬だよね!?　乗れなくない!?」

「私の愛犬は力持ちなの。領地の村でもずっとそうしてたわよ？」

「その領地の全員が疑問を抱かなかったことが不思議でならない……」

なぜだか彼らが揃《そろ》って頭を抱えてしまった。だいぶ困惑しているようだ。

「大丈夫？」

「なわけないだろう」

ブレイクが鋭く口を挟んできた。

「規格外だとは薄々思っていたが、……はぁ、まさか実話だったことに驚いた」

「何よ、どうしてそんなに驚くの？」

「普通、成人女性が犬に乗るなんて思わないし、乗れる犬なんて想像もつかないだろう」

「私の愛犬は少し大きめなのよ。普通より、ちょっと成長が大きかったみたいね」

リディアは「こーんな感じ」と言いながら、両手で大きさを示してみた。

ブレイクの周りから、ナイアック達も全員集まってその様子を覗《のぞ》き込んでいた。

「……リディアさん、それ、本当に犬？」

「おかしい、撫《な》でる頭の位置がすでにおかしいんだ……」

「失礼ね、きちんとした、賢い犬よ」

するとと、頭痛でも覚えたみたいに額に手を置いたブレイクが「お前らやめろ」と言った。

「なら確かめる。今日、帰る時には僕も一緒にここを出るから」

「……は？」

唐突な提案を聞いて、リディアはぽかんとした。

「え、嘘《うそ》でしょ？　ペット預かり所までついてくるの⁉」

「嘘じゃない。これは上司命令だ。自警騎士団に事実かどうか問い合わせが来たら、困るのは団長だ。蛇公爵のお手を煩《わずら》わせるつもりか？」

そう言われてしまったら、リディアも反論できない。


そうしてやってきた退勤時間、有無も言わさずブレイクが当然のように同行した。

「犬に乗るくらいいいじゃない、あの子にとって愛情表現なのよ。乗せたがるの。そもそも本当に確かめる必要なんてあるわけ？」

リディアは納得いかず、隣の彼に唇を尖《とが》らせた。

「だから言っただろう。自警騎士団内も混乱する」

「通勤手段を申告しなくちゃいけないなんて、はじめの説明ではされなかったわ」

「では聞くが、これまでどう出勤していた？」

「途中まで愛犬に乗って、預かり所からこっちまでは徒歩よ。近いからそんなにかからないし」

　話を聞くごとに、ブレイクの秀麗な眉《まゆ》がぴくぴくっと反応していた。

「世話になっている親戚の馬車で送られているんじゃなかったのか……」

「王都内は安全なんでしょう？　近いんだから自分で行き来くらいするわ。あの子、大きくなってから自分から私を背中に乗せたのよ。荷車を引っ張るのも好きで、力が強い犬種なんだろって父達も言っていたわ」

　ブレイクが、また珍しく「はぁ」と溜息《ためいき》をこぼした。

「だからと言って、君が乗っていいわけではない」

　リディアは納得いかなかった。

　なんで乗るのがだめなんだろうと考えている間に、ペット預かり所が見えてきた。

「少し遠くないか？」

「また文句？　あなた達も貴族だけど、よく歩くじゃない」

「僕らは獣人族だからだ。それでいて騎士だ、でも君は女性であって――」

「大丈夫。領地でもそうだったし、フレデリックがいれば護衛代わりになるって、こっちに来る時も領地のみんなも安心していたもの」

「ちょっと待て、『フレデリック』？」

だから、あなたも知っている愛犬の名前――そう続けようとした時、建物から担当者と一緒にフレデリックが出てきた。

リディアの目が、愛犬の姿へぎゅいんっと向いた。

ハーネスを握っている女性の担当者が、転倒しそうになって間一髪で身体を支えた。

「ふんすっ」

フレデリックがお座りする。彼はふわふわの耳を立て、もふもふとしたくびれのない胸を見せつけ――リディアの隣のブレイクの姿を見て固まる。

「フレデリック！　お待たせ～！」

リディアは駆け寄って彼を抱き締めた。

後ろでブレイクが、声も出ない様子で驚きを浮かべて彼女と愛犬を交互に素早く見た。それから、細く長く息を吐きながら静かに手を顔へ押しつけた。

「急にどうしたの？」

「………犬の名前か」

「何よ、その間？」

リディアはまだ固まっているフレデリックを撫で回しながら言った。二人の様子を気にしつつ担当者がハーネスを外す。

通行人がフレデリックを見るたび「うわっ、でかっ」「犬か!?」と驚きの声をもらしていた。

「団長さんから聞いているでしょ？　愛犬がいるのよ」

「……この前の話の妙さも分かった……そうか、犬だから、舐めると……」

リディアは、ちょっとブレイクが心配になってきた。

「あなた、私の話聞いてる？　ぶつぶつ言っているけど大丈夫？」

「正直言うと当初からの自分を思い返して、ひどい頭痛に見舞われている……」

なんだそれは。そう思ったリディアは、ハタと動かないフレデリックが気になった。

「どうしたの？　フレデリック」

「わ、わふ、ふ……」

「あら、目が合わないなんて初めてね。今日何かありました？」

佇んでいた担当者が、困惑顔でフレデリックとブレイクを見る。

「えーと……何かあったかと言われれば、あなた様が男性連れで現れたこと、ですかね……？」

「あら、面白いこと言うのね。ふふっ、上司として確認するためについてきただけなんですよ」

「……上司、ですか？」

本当に？　と言いたげに彼女の目が向く。

ブレイクは、かなりバツが悪そうにしてそこに立っていた。

「ふわっ、くぅん」

「あらあら、どうしたの。珍しいわね」

フレデリックが必死な様子でリディアに甘えてきた。

あせあせとブレイクの方へ何度か鼻先を向ける。そして、首を横に振ったり、確認するみたいにリディアの目を覗き込んだりした。

「ああ、騙《だま》されているか心配になったのね？　大丈夫よ、彼はただの上司。無関係なの」

担当者が「あっ」と細い声を上げ、口を手で塞ぐ。

ブレイクがゆっくりリディアを見た。

「ただの、それでいて無関係？　さすがにつれないんじゃないか？　他にもあるだろう」

「他って？」

「たとえば、プライベートではなんだか言ってみろ」

彼が腕を組んで冷ややかに見据えてくる。

リディアはうーんと考えた。袖の内側に隠れている求婚痣《あざ》のこともすっかり忘れていた。

「わん！　わっふん！」

フレデリックが急に元気になった。安心したと言わんばかりにリディアを前足で抱き締める。

おかげで彼女も考え事なんてもういいかと思った。

「あら、よかった。いつものフレデリックに戻ったわね」

「何もよくないぞ。おい、リディア」

「さっ、帰りましょうか」

「わん！」

フレデリックが尻尾《しっぽ》をぶんぶんと振り、弾む足取りでリディアに背を差し出す。

リディアはそのままままたがろうとした。だが、背に手をつけて足を上げた瞬間に、ブレイクがギョッとして止めた。

「何すんのっ」

「町中で足を上げる奴《やつ》がいるかっ、君はスカート姿の自覚があるのか!?」

リディアはそれを聞いてピンときた。ブレイクを引き離すと、両手でスカートを掴《つか》んで彼に向かって躊躇《ちゅうちょ》なく引き上げて見せる。

通行人の男達が、驚きの声を上げて顔をそらした。

「んなっ――」

「じゃーん！　またがってもいいように、兄のお下がりのズボンをこうして穿《は》いているから平気――痛っ」

教えていた途中だったのに、なぜかブレイクに軽く叩《はた》かれた。

リディアは文句を言おうとした。しかし、頭を上げたら、なぜか顔を横にそらして頬《ほお》を腕でこすっている彼がいる。

「ブレイク……？」

気のせいでなければ、ブレイクの目の下が少し赤い。

覗き込もうとしたら、フレデリックも同じ仕草をしてきたのに気付いた彼が、ハッと腕をどけつつ後退した。

「くそっ、もういい、確かに乗れるくらい大きな犬だと分かった、僕は帰るっ」

そう言ってブレイクが背を向け、歩き出した。

（確認は済んだ、みたい……？）

「まぁ、なら私達は帰りましょうか」

「わふっ」

リディアは嬉しそうなフレデリックにまたがった。担当者が、早口で帰る前のいつもの報告をする。

すると、ブレイクがくるっと踵を返し、ツカツカと大股で戻ってきた。

「乗って本当に大丈夫か、僕が確認する」

「えーっ、家までついてくる気っ？」

「なんだ、隣に並んで歩いていたらだめなのか？」

ブレイクが腰を屈《かが》めて目線を合わせた。かなり不服そうに、ぐっとリディアの目を覗き込んでくる。

そんなやりとりを気にしつつ、担当者が会釈をして建物へと戻る。

「ちょ、ちょっと近いわよっ。だってそれだとフレデリックを走らせられな——あ、うん、なんでもないわ。好きにしてちょうだい」

彼の目が睨んできたので、リディアは慌てて言い直した。

（『走らせるな、危ない』と言いたそうな目だったわ）

しかも近い距離だったので、美貌《びぼう》のせいか威圧感があってなんとなく逆らいづらかった。

楽しいのに、と残念に思いながら歩いて帰ることにした。

リディアを乗せたフレデリックは、ふんふんっと鼻歌をしながら調子よく町中を進んでいく。

ただ、時々ブレイクの方をじろじろと見ては、ふんっと顔をそむけて間隔を空けようとした。

そのたびブレイクが歩み寄って距離を戻す。

「あなたのこと、警戒しているみたい」

「僕には飼い主とペットというより、犬の方こそ君の面倒を見ている気概を感じるんだが」

「面白いこと言うのね。フレデリックは私が小さい時から育てているのよ。守っているのは、私なの」

フレデリックが歩く速度を落とし、見つめ合っているリディアとブレイクを引き離した。

ブレイクがぴくっと眉を動かす。

「この犬……」

「どうしたのフレデリック？」

「わん！」

フレデリックが『なんでもないよー』とでも言わんばかりに吠《ほ》え、軽く駆けた。リディアはブレイクが何を言おうとしたのか、結局尋ねることも忘れた。

◆

それから数日、リディアは職場で引き続き自主訓練も頑張っていた。

体力作りと、少しでも武器を触れ慣れるようにの素振りだ。

空いた時間に訓練場に行くようになったおかげで、敷地内と公爵邸側警備任務がほとんどの騎士とも顔見知りになれた。

だが、同時にブレイクが木刀での素振り訓練に顔を出して困っていた。

「無茶するな」

暇を使ってリディアが特訓している時、まるで探し当てたみたいに、彼も顔を出してくるようになったのだ。

「仕事はどうしたのよ」

「君がそれをしているから、いったん立ち寄ったんだ」

「いちいち口を挟まれると集中できないんだけど？」

彼はやめろとは言わないが、リディアのこの特訓には賛成できかねるらしい。向上心でしているると説明したら、舌打ちされた。

彼は嫌っているから、することが全部気に食わないだけなのだろう。

「邪魔するのならどっか行っててっ」

売り言葉に買い言葉を、ナイアック達がはらはらと見ていた。

「行かない、監督指導する」

彼は自分が見ているからと言って、その時にリディアを見ている先輩騎士達を追い払いもした。そして、言葉通りリディアが訓練を終えるまで居座るのだ。


それは翌週、休み明けに出勤しても変わらなかった。

(毎日毎日、飽きないわけ？)

今日、リディアは正午にブレイクが会談の出席予定があると聞いた。

そこで、午前中に時間を作って木刀の素振りを始めたのだが、ブレイクは外出の際に持っていく茶封筒を脇に抱えてやってきた。

彼が回廊からやってくるのを見た時は、彼女も切れそうになった。

「副団長様、仕事に支障をきたしたら部下に示しがつきませんわよ」

「嫌味な言い方だ」

リディアは素振りに専念したまま言う。

「まさにそうだもの」

執務室でもほとんど彼と一緒なのに、好きに使っていいはずの休憩時間にも来られて文句を言われるのなら、嫌味の一つでも言いたくなる。

ブレイクは「ふうん」と読めない表情で言って、回廊の塀に置いた茶封筒を指でとんとんと叩き、考える。

「話しても木刀が飛ばなくなったじゃないか」

「あなたね、いちいち話しかけて視線をそらさせないでくれる？」

リディアが睨むと、ブレイクが珍しく視線をそらして首の後ろを撫でる。

「別に……そう思ったわけではない。ああ、そうだ、断じて違う」

訝ったものの、不意にピリッとした痛みが手に走った。

「いたっ」

手から木刀が転がり落ちた。なんだろうと思って見てみようとしたら、いつの間に来たのかブレイクが素早くリディアのその手をさっと取ってしまう。

「ちょっと、何するの――」

「ああ、ほら、傷になってるだろ」

「……え？」

彼が持っている自分の手を見てみると、最近痛くなってきていた部分が切れて血が出てしまっていた。

リディアは、彼が傷の様子をじっと観察している姿も意外だった。

ふと、何度も『無茶をするな』と言われた記憶が蘇《よみがえ》った。

「あの……もしかして心配してくれたの？　だから、反対に思ってたの？」

彼が手を取ったまま固まった。

「ねぇブレイク、どうなの？」

「――そうだと言ったら、君は言うことを聞いてくれるのか？」

彼のアメシストの目が、そっと見つめ返してくる。

近くから見た獣みたいな目は、以前見た時よりもっときらきらと美しい色に煌《きら》めいて見えた。

（綺麗《きれい》だわ）

そんな感想を覚えてしまった自分を、不思議に思う。

すると、廊下から誰かの声がして互いの肩がびくっとはねた。

「あちゃ～、やっぱり剥《む》けちゃいましたか。ここ一週間詰めてましたからね」

そこには救急箱を持っているナイアックと、様子を見にきたらしい二人の騎士がいた。

「察しがよくて助かる」

「大丈夫です。道具はそのまま置いといていいですよ、このあと訓練が入っていますから」

救急箱を掲げ、ナイアックは回廊に上がる段差に置いて騎士達と立ち去る。

ブレイクが「こっちへ」と言って、リディアの手を引いて導く。

「そこに座って」

「うん……」

彼とは思えない年上感がある優しい声を聞いて、素直に段差へ腰かける。

「ね、ねぇっ、びっくりした。どうしてすぐ来られたの？」

「獣人族は嗅覚《きゅうかく》がいい。傷から滲《にじ》む血の匂《にお》いも嗅《か》ぎつけられる」

彼が目の前で片膝《かたひざ》をつき、傷口が痛まないよう丁寧《ていねい》に濡《ぬ》れたガーゼで拭う。

消毒し、絆創膏《ばんそうこう》を貼るのをリディアはじっと見つめていた。もしものことを想定して、すぐ駆けつけられるよう気にかけてくれていたのだろう。

(意外だわ……伯爵家の嫡男なのに、こんなこともできるのね)

彼の手つきを見ていると、し慣れているのも分かる。

社交界で冷たいだとか言われているほど厳しい人ではないのだろう。先程の様子からしてもナイアック達が慕っているのは伝わってくる。

「どうしてこんなことを？」

終えたブレイクが、手を取ったままリディアをうかがってきた。

「君は非戦闘員だ。君に課された仕事内容から言っても、このようなことはする必要がない」

初めて聞くような優しい声だった。それでいて彼の目には気遣いが見えた。

「……いちおう、自警騎士団だからよ。私もその一員でしょ？　非戦闘員だとしても、目指せるんなら向上した方がいいと思って」

「だから、なぜ？」

「なぜって、給料はよしで好待遇、永久就職するのならそれくらい努力はしなくちゃと思って」

「永久就職……」

ブレイクが、なぜだか難しい顔をして視線を落とす。

「どうしたの？」

「なんでもない。君は――たいしたものだと思ってな」

首を軽く振った彼が、ふっと笑みをこぼした。

リディアはどきりとした。色気がぶわりと吹きつけたみたいに、身体がぶわわっと熱くなってくるのを感じた。

彼が、絶世の美貌と色気を持った男なのを忘れていた。

近さを感じて思わず首を後ろへ引いたら、そのタイミングで彼に覗き込まれて緊張した。

「な、何よっ、私は別に意識してなんてな――」

「君の向上心と覚悟は受け取った。それなら、今日からは僕の時間が取れる時にやれ」

「え……えぇぇっ！　それは嫌よっ」

いちいち彼の都合を確認して実行するなんて、仕事だ。

「怪我をするまでしようとするからだ。それに……なぜか分からないが君の隣に他のオスが立つと、苛々するんだ」

「はぁ？　何それ」

「僕が知るか。とにかく、今日は訓練をもうするな」

彼が言いながら立ち上がった。

「そもそも君は、団長と僕の補佐官だろう。僕が教えるから、頼るなら僕にしろ」

いいな、とブレイクは念を押してくる。

リディアは目をぱちくりとした。働き始めた頃はあんなに仕事を教えるのを嫌がっていたのに、つまり彼は『分からないことは自分が教える』と言っているのか。

この前も、個人的な発言は不器用だと感じたばかりだ。

怪我を見越してずっとついていてくれた――これは、優しさだ。

「ええ、分かったわ」

怪我をするまで加減も分からずした自分も悪いので、リディアは指導してもらうことにした。

◆

それからというもの、木刀の素振りについては、何時にそれを入れるのか前もってブレイクのスケジュールを見て決めるという業務日課が加わった。

ジルベリックも、それは休憩ではなく仕事の一環になるので訓練業務として時間を取るといいと苦笑して言った。

とはいえ、手が完治するまで木刀を握ることは禁止された。

その代わりにブレイクは、自警騎士団に支給されている剣以外の武器や道具について説明してくれた。

別に武器自体に詳しくなろうと思っていなかったので、リディアは隙間《すきま》時間に執務室から移動してつき合ってくれている彼を不思議に思って見つめていた。

「あなたの空き時間って、貴重なんでしょ？　こんなことしていていいの？」

「説明して見せているだけだ。休憩みたいなものだろう」

「……そう？」

「そうだ。だから、気にするな」

それなら……とリディアは答えたが、そわそわした。彼が喧嘩腰《けんかごし》の目をしてこないせいで調子が出ない。

いつもそうだったのに、今は、眉を寄せないままブレイクはリディアを見てくる。

(なんだろ……最近彼の眼差《まなざ》しが柔らかいような?)

リディアがそんな風に考えてしまうなんて、予想外の怪我をして、それを彼に意外にも手当てされてしまったせいだろうか。

たびたび職場で、そして自室でもその手を見てしまった。

彼に手当てされた手を見るたび、あの日のことを思い出して一人落ち着かなくなるのだ。

「わっふん!」

自室でぼうっとしていると、フレデリックが手に巻かれている白いものを『遊び道具?』と尋ねるみたいに、つつこうとしてくる。

「これはだめよ。早く治さなきゃいけないものだから」

「わん?」

「別に、ブレイクが手当てしてくれたから形を崩したくないわけじゃないんだけど……」

指摘されてもいないのに、愛犬相手に言い訳してしまった。

それは先程の夕食の際に、フィッシャー達にも口走ってしまったことだった。フィルがにやにやして『仮婚約者といい感じなんじゃないか』と冷やかしてきたせいだ。

リディアも自分が強がりで、ちょっと天邪鬼《あまのじゃく》が入っているのも自覚している。

でも、自分が乙女《おとめ》チックにそわそわするなんて考えられない。

(彼でそわそわして調子がおかしくなるのって、色気に当てられていることが原因だったりしないわよね？)

ブレイクの顔は見慣れた。しかし、最近たびたび見る顰め面をしていない時はどうだろう。

傷の手当てをされた時に、胸が小さくどきどきしてしまっていたことを思い出す。

(ううん大丈夫っ、私は色気になんてやられてない！)

ブレイクの色気で仕事ができなくなったら、クビだ。リディアが採用された理由は、そばにいても影響なく仕事ができるからだ。

今は、きっと傷のために調子が狂っているせいだ。

手の傷を意識してか、彼があまりにも近くにいることが多いせい――。

(いつもだったら、嫌がってそばにいたがらなかった)

彼と口喧嘩しなくなって、こんな風に色々と妙に感じているだけなのだろう。

手の傷が治ったら元通りだ。その時にブレイクと以前の距離を置けば、色気の影響もまた元に戻るだろうとリディアは考えた。

◆

傷は浅かったみたいで、四日目には染みて痛むこともなくなっていた。

「うん、違和感もなし」

握ったり開いたりしているリディアに、ナイアックが本当だろうかと、心配しつつ疑う目で
「まだ無茶は禁物だよ」と言った。

「獣人族と違って、人族は肌も弱いからね。荷物を持たせたら痣ができないか心配になる」

「人族の私の扱いって、どういう枠なの……」

廊下を一緒に歩くナイアックは、両手で資料が入った箱を抱えていた。

リディアは、片腕に収まる量だけを持たされている。

月末の週にいつもあるまとめ作業に、今日から数日取り掛かる。初めての作業なので、事務長のナイアックから引き継ぎがてら一緒にする予定だ。

書類は種類も量もかなりあるので、しばらくは一階の書類保管庫から、二階の執務室に書類を運ぶので時間が潰《つぶ》れそうだ。

(往復だと、結構な距離ね)

一回目の運搬を終え、二回目を取りに再び階下へと出た時だった。

本邸と繋《つな》がる回廊側から、ふと何やら騒がしさが聞こえた。

「何かしら？」

「この声……ああ、嫌な予感がする」

ナイアックが何やら身構えている。

軍靴のような硬質な音が廊下の向こうから響いてくる。

「それで、犬に乗って移動している面白い令嬢はどこだ？」

不意に、角を曲がってきた人物の眩しい金髪が、廊下の日差しに照らし出された。

そこに現れたのは、漆黒の厚地コートを羽織った美しい長身の男だった。細身の彼の腰に、ジルベリックがしがみついて引きずられている。

「お待ちくださいっ！　王宮での仕事の時間が遅れてしまいますぅううう！」

「少しくらい会議が遅れても構わんだろ」

「あぁ、親友様が関わるといつもこう……！」

「気軽に訪ねてくれるようになったエマに、それを絶対言うなよ。言ったら殺すからな」

今、イケメンの口から息を吸うような自然さで物騒な言葉が出た。

（というか、団長がひきずられているんですけど……）

彼も背が高く、それでいて筋肉質だ。リディアはその光景にも固まってしまっていた。

すると、その美男子の視線がぎゅいんっと彼女へ定まった。

（へ、蛇っぽい……）

その目は、こちらからでも獣感が分かる金色の瞳《ひとみ》をしていた。

などと考えている間にも、相手がロングコートを揺らして向かってくる。腰に、ジルベリックを巻きつけて、悠々と引きずったまま。

「人族か——とすると、お前が犬連れの新人か？」

「は、はいっ、私には愛犬がおります」

ナイアックが背筋を伸ばして、緊張感を張りつかせて軍人立ちをした。

二十代、それでいて蛇っぽい——リディアも誰だか見当がついた。

彼女達の雇用主の、蛇公爵だ。騎士達の話を思い返すに、たしか名前はジーク・ビルスネイクだったはず。若き公爵様であり、王宮の騎士達の総督だとか。

「犬に乗っているというのは本当か」

「ほ、本当でございます」

続けて声をかけられたリディアは、慌ててスカートをつまんで深く頭を下げる。

ジークの美しい顔は作り物めいたように感じてどこか怖く、じっと見つめられると緊張感を覚えた。ブレイクの美貌とはかなり違っている。

「この前ブレ、——副団長様も確認をされております」

「疑っているわけではない。嘘を吐《つ》く者を、ジルベリックは敷地内には入れん」

「さようでございますか、信頼されているのですね……」

リディアとしては、その信頼している男を引きずったままなのも気になった。

「俺の騎士だけでなく、仕事でつき合いのある貴族も馬車を降りたところで目撃したそうだ。話してやったら親友も見かけたと言っていたので、俺も興味が湧《わ》いた。俺も、今度親友とその愛犬とやらを見てみたい」

「は、はぁ、ご機会がございましたらぜひ紹介させていただければと……」

でも大丈夫なのだろうか。思わず、ちらりと上司へ視線を移動する。

「蛇公爵様が誰かに興味を持つのは珍しいよ。この人、ほとんど好奇心を抱かないんだ。プライベートって意味だから大丈夫だ。身分なんかも関係ない」

ジルベリックが、ジークの腰元からそう言ってきた。

「そ、そうなんですか。というか大丈夫なんですか？」

「俺？　まぁ俺は打たれ強い種族だからな。蛇公爵様は親友のおかげで一族の中では感情がある方ではあるが、興味を向ける範囲が狭くて――いったぁ！」

ジークが唐突に彼の首根っこを捕まえ、まるで猫みたいにブンッと廊下の奥へと投げた。

「ちょ、な、えぇぇっ!?」

「ジルベリック、うるさいぞ」

（それだけで投げたの!?）

たぶんこの人、口よりも先に手が出るタイプの人だ。リディアも気を付けようと肝《きも》に銘《めい》じた。

「おい、新人」

「は、はいっ！」

「執務だけでなく、同僚達を理解したいと木刀を実際に握り、素振りの訓練も始めたとは聞いている。人族の令嬢であれば馴染《なじ》みもないだろうに感心だ。真面目《まじめ》な奴を俺は評価する。俺の親友がそうなのでな」

「はぁ、なるほど、親友様……」

先程から出てくる親友事情もよくは分からないのだが、ジルベリックがされたみたいな不意打ちのドS行為をされては、リディアは軽い怪我ではすまない。ひとまず彼が語るのを聞いて時々頷いておく。

「とはいえお前は文官枠、非戦闘員だ。そう雇ったからには訓練が強制のようになってはならないとも考えている」

「あっ、いえ、本当に私が自分で望んで始めたことなんですっ」

ジルベリックが口にしていた通り、意外にもきちんとした雇い主で驚く。

もしかしたら捜しにきたのは興味や好奇心だけでなく、そのことについて本人に確認を取ろうとしたようにリディアには感じられた。

「雇っていただいたからには、給料に見合っただけの役には立ちたいなと思いまして……私は非戦闘員で、自警騎士団としては役に立たないですから……」

「役に立つ。今も、役に立っている」

断言されて驚く。蛇みたいにジークは身動きせずじっと見つめていた。

その言葉にまったく嘘がないのはリディアも分かった。投げられた着地点から、ジルベリックが全速力で戻ってくる。

「不安だというのなら、他にもお前にできる仕事をやろう。できるだけ仕事を振ってくれるようジルベリックにも言っておいてやる」

ジークは合流したジルベリックに、行くぞと声をかけて去っていく。

直々《じきじき》に蛇公爵と話してしまった。

今になってリディアは緊張感が戻って心臓がどくどくした。それから、仕事をやろうと言った言葉に嫌な予感がした。


「ペアの出席者を装って、潜入待機してもらう」

午後、戻ったジルベリックに呼ばれてそう告げられた。

「さ、早速ですか……しかもまた、ペア……」

「あのお方は仕事が速いからなぁ」

ジルベリックが「まぁ頑張れ」と言った。床の一部と応接席に広げられている膨大な書類の整理を手伝いながら、騎士達も見てくる。

王都内の豪邸で開かれる、公爵家主催の夜会護衛増員の協力依頼が来ているらしい。

蛇公爵が頼まれて了承すると、自警騎士団が仕事で外に行くこともあるようだ。貸し出して欲しいという要請は結構あるらしい。

「仮婚約者だから適任だ。それとも、僕が相手だと不服か？」

隣に立っていたブレイクが、秀麗な眉を顰《ひそ》めている。

「そんなんじゃないけど……」

なんか、そわそわするのだ。

手の傷も治ったのに、その人のことを気にし続けているなんて初めての経験なので、リディア自身もよく分からない。

以前までの距離感に戻そうとしたのに、ここにきて同伴案件にも動揺があった。

「なら決定だ。誰かが君のパートナーのふりをして参加することを想像しただけで腹が立つんだ。諦《あきら》めて、僕のそばにいろ」

ナイアック達から「ごほっ」と息がもれた。

リディアは、自分勝手なブレイクの発言が頭にきた。

「どうして他とパートナーを組んだら腹が立つのよ」

「リディア。違う、なんでそこの疑問で止まるんだ」

つい、ジルベリックがツッコミしたが、ブレイクも構わず彼女に言い返す。

「うるさいな、腹が立つのは立つんだ。僕も知らない」

「なんでお前も気付かないの。見ているこっちが恥ずかしくなる……」

「知らないのに怒る宣言されても困りますけど!?」

その時、ジルベリックが「うわぁあぁ！」と叫んで立ち上がった。

「お前達っ、ストップだ！　おじさんには甘酸っぱくて、羨《うらや》ましいっ、じゃなくてこれは蛇公爵様のご指名だ。仮婚約者としての立場を活《い》かせよ」

その夜会は、今夜だ。

そもそもブレイクとパートナーを今後も組ませるとジルベリックは言っていた。帰宅したあとの仕事かぁと考えながら、リディアは「はい」と答えた。

◆

夜、リディアは仮面をつけるその特殊な夜会に出席した。

目元が隠れる羽があしらわれたタイプの仮面をつけ、入場する。会場内は夜のドレスに加えて、顔には凝った仮面までつけられて眩しい。

(この前のパーティーより人の密集がすごいわ……)

今回は王族の参加もあり、側近など一部知らされている者達は出席している。

会場の入り口をくぐって数歩、壁側で待っていた白い仮面をつけたブレイクに腕を取られて合流となった。

「要人警護は僕の管轄だ。君は気にしなくていい」

エスコートで進みながら、彼はとくに面白味もなさそうに会場内の様子を眺めている。

さすがは伯爵家。仕事柄もあって慣れているのだろう。

リディアは初参加とあって、あの彼が仮面をつけているというのが少し面白かった。

「私は不審人物と、不審な行動のチェックよね。分かってるわ」

会場の二階通路にあたる観覧位置。そこに配置されている警備から見えない位置や、彼らにできないフォローをリディア達がする。

何かあった時のための護衛枠。それに加えて夜会を楽しんでもらうため、フロア内で困っている令嬢がいれば声をかけたりと、さりげなく運営補佐をしていく。

「ところでフレデリックのことだが……愛犬を連れて、一人で親戚の家に来ているだろう。何か、理由があったりするのか？」

あたりを見ながら、ブレイクがこそっと口にした。

「あなたがそういうお喋りしてくるのも珍しいわね」

「だから言っただろう。僕は、お喋りをしない男ではない」

またしても彼が、リディアの『お喋り』を強調した。

「婚姻活動……にしては就職に前向きのようだし、給料が高いところがいいらしいとも聞いた。

愛犬のためのようだ、と」

「ここへは夢を叶《かな》えに来たのよ。フレデリックを手放さなくてもいいように、ずっと一緒にいるために自立することにしたの」

移動の間の短い時間だ。リディアは、あっさりと答えてやる。

「就職できたから、次はアパートを借りて親戚の家から出たら夢は叶うわ」

「君の両親は、結婚先を探せとは言わなかったのか？」

「結婚にもお金がかかるでしょ。こんな私なんかのために、愛犬も一緒でいいと言ってまで妻にしたがる相手もいないだろうし」

「いや、それは――」

その時、男女が声をかけてきて二人の話は終わった。

彼らは王宮所属の軍人籍の者達のようだ。新婚夫婦で協力参加していた。

そろそろ王族が建物の関係者入り口から入ってくるそうで、念のためそちらに護衛を固めたいと知らせが回っているようだ。

「分かった。僕も行く。リディアは――」

「こういうところに参加するのは二回目よ？　私なら大丈夫よ」

打ち合わせ通り、しばらく別行動でも問題ないと伝えた。ここは貴族達が純粋に楽しむ場だから挨拶《あいさつ》の必要もない。

しかし、どうしてかブレイクが渋った。

「僕の近くにいてくれていい」

別れようと背を向けた瞬間、腕を軽く掴まれて引き留められた。

「はぁ？　団――ジルベリックさんにも言われたでしょ。あなたはあっち、私はこっち」

「何かあった時、僕が近くにいた方が呼びやすいだろ」

「呼ぶようなことにはなりません。一人で対応できるわ」

「僕が駆けつけられない」

リディアは、今度は大きめに「はぁ？」と言ってしまった。

「あなた何を言っているのよ。とにかくっ、私は一人でできるから、さっさと行ってきてっ」

リディアは叱《しか》りつけるように彼を紳士と行かせた。残った妻の口元が微笑《ほほえ》む。

「ふふ、仮婚約したばかりだったわね」

「あ、すみません、いつもなら彼、ぱっと仕事に入るんですけど……」

「仕方ないわよ。まだ浅いんでしょう？」

期間が、ということだろうか。

ただの仮婚約なのだけれどと思っている間にも、妻も別方向へと歩いていってしまった。

（おじさんも、それから実家もだけど『仮婚約』と伝えたら不思議と納得している感じもあって、私にはどうも印象がうまく掴めないのよね）

首を捻りつつ、リディアも早速一人で行動を開始する。

楽しむことを目的とされた夜会は、堅苦しさがなくてどこも華々しい。

(あら、女の子同士で来ている子達もいるのね)

男性との交流を楽しんでいるのかと思ったら、仮装気分で楽しんでいるようだ。

賑《にぎ》やかな笑い声も多かった。

演奏音が半ば消えるくらい会話も飛び交っていて、聞いていると楽しい気分になってくる。

(今のところ、問題はなさそうね)

しばらく回っていたが、これといって通報案件もないのは平和でいいことだ。

その時、きょろきょろしていたリディアは肩がぶつかった。

「あっ、ごめんなさい。大丈夫ですか?」

うっかりしていた。そう思って詫《わ》びたところで、ハタと相手の令嬢が肩を掴んでいることに気付いた。

「あなたが、ブレイク様の仮婚約者になったリディア・コリンズね? 探したわよ」

相手の令嬢は、金髪にサファイアブルーの瞳をした美女だった。白猫みたいな仮面の目元から、獣みたいな美しい目が見える。

リディアは、目が合った瞬間にはすでに睨まれていて身が竦《すく》んでしまった。

「え、えっと、どちら様でしょうか……?」

「わたくしは獣人貴族、ドワイ伯爵家のエミリンド・ドワイですわ」

名前にも覚えがなくて困惑した。

「あら、わたくしを知らないの？　ブレイク・ブラック様の仮婚約者になったのに？」

彼が関係しているのだろうか。

戸惑いを表情から察知したのか、彼女が獣目をぐっと細めて、手を離す。

「ほんと、ひどい人だわ。期待をさせただけで求婚痣を刻まなかった、恥をかかせた残酷な仕打ちを隠したのかしらね？」

リディアは、ハッとして背筋が冷えた。

（彼女――ブレイクが求婚痣をつけられないことが発覚した時の、令嬢だわ）

「縁談の受け付けの話も出ていなかったわ。どうやって求婚痣を？」

「えっ」

まさかの質問がきて、びくっとした。

「わたくしだって、彼の一番目の求婚痣が欲しかったのよ。本当だったら、わたくしが一番目の仮婚約者になるはずだったたっ」

仮面から覗くエミリンドの白い肌が、怒りで赤らむ。

「冷たいあの人は私にはつけてくれなかったわ！　いったいどんな交渉をしたのよっ、だって彼は政略結婚するつもりなんでしょう？　それなのに、なんで、男爵家の、人族貴族の令嬢なんか……」

彼女の目が、悲しそうにくしゃりと細められた。

悔しい、のだ。そしてたぶん、羨ましいのだろうとリディアは推測した。

(私の顔を見にくるくらい、当時のことが彼女の中に残っているんだわ……)

なんて言ってあげればいいのか分からなかった。

リディアのは、事故だった。ブレイクは求婚痣をつけることをやめたのではなく〝つけられなかった〟のだ。

(本人が抱えている悩みを私が言うわけにはいかないし……)

その時、小さなざわめきと共に、人を押しのけてブレイクが横から飛び出してきた。

「リディアっ」

彼は急いで来たらしい。珍しく少し呼吸が上がっている彼が、目が合った途端に小さくほっと息を吐く。

(今、安心したの……?)

冷たい、と告げたエミリンドの言葉が蘇った。

そんな人じゃない、そう言葉が込み上げて胸がずくりと痛んだ。

すると、見つめ合っている様子を前に、エミリンドが傷付いた顔をするのが見えてハッと我に返った。

「どうして、わたくしに恥をかかせたの？」

ブレイクもエミリンドに気付き、固い表情をして黙り込んだ。

彼女の仮面の下から、ぽろぽろと涙が流れた。

「ひどいわ。わたくしはあの日から胸が苦しいままなのに……っ」

ぽろぽろと涙をこぼして、エミリンドは走り去っていった。

リディアは咄嗟《とっさ》に追いかけようとしたが、ブレイクに腕を掴まれた。

「こっちへ」

彼が小さな声でそう言って促した。人の目がかなり集まっていて、秘密の護衛枠なのに目立っていることを思い、小さく頷いて一緒に移動する。

仮面をつけていても誰だか分かるようで、周りが「ブラック家の」と囁《ささや》いていた。

その間をブレイクは淡々と歩き過ぎ、バルコニーへと出た。

夜空には、細い形を作った月が見えた。後ろで彼がガラス扉を閉めると、会場内の音が遮断されて静かになる。

「綺麗だわ……」

ブレイクが一時休憩だと伝えるように仮面を荒々しく取り、塀に寄りかかった。リディアはどうしていいか分からないまま同じようにして隣に立った。

夜の空と、大都会の町明かりは美しい。

「誤解させたままで、いいの？」

秋の冷たい夜風が強く吹き抜けて、長袖のドレスだったことを有難く思いながら腕を抱き寄せ、隣へ視線を向けた。

塀に載った彼の手が、自分の腕をぎゅっと握るのが見えた。

（そうよね、やっぱり話せないわよね……）

リディアが夜景へと向き直った時だった。

「相手に言い訳できるような立場でもない、僕は……求婚痣が刻めないショックで、あの場から立ち去った。つまりは逃げ出したんだ」

そのせいで、エミリンドを深く傷付けた。

「情けないだろ」

「そんな風に思ってないわ。ただ……困っているだけよ」

「そうか。すまなかった」

素直に謝られて動揺する。彼は自嘲《じちょう》気味に唇を引き上げていた。

「どう詫びればいいのか分からない——説明も、言い訳に聞こえてしまうと思うとエミリンド嬢を余計に傷付ける気がしている」

エミリンドは、十六歳という早さで成長変化を迎えた。

後日に成人祝いが開かれて、そこにブラック家も招待されていた。

二十歳になっていたブレイクは、彼女が一番目の求婚痣をお祝いの品に望んでいると両親達に聞かされる。

周りからもお願いされ、了承――だが求婚痣はつかなかった。

（社交の場で、とナイアックさん達が言って同情していたのは、このことだったのね）

祝いに集まった貴族達。彼らに囲まれてさあ彼がつけるぞと注目され待たれている中で、ブラックは求婚痣を刻めないことが発覚する。

「僕は、古代大ワニの狂暴性も持っている。そこに呑まれないよう誰よりも紳士であろうとしたが……少しのことでそれが出るのも変わっていない。父は抑えられているのに僕はそれができない、それを思うたびにずっと未熟なままだと自分が嫌になる」

初めて、ブレイクの弱みを吐露された気がした。

彼は下を向いていた。冷たい夜風が柔らかく吹き、後ろの夜会の明かりが当たった彼の紫がかった黒い髪を揺らしていく。

痛々しくて見ていられなかった。

そもそも、リディアは未熟だとか紳士じゃないとかは、思わない。

「あなたはすごいわよ。未熟なんかじゃないし、頑張る人だわ」

ブレイクが顔を上げる。リディアはそばに寄り、その顔を覗き込んだ。

「私、あなたに瞬間的にスイッチが入る狂暴性があるなんて、全然気付かなかったもの。それはブレイクの努力の賜物《たまもの》だと思うわ」

「……そう、なのか？」

ブレイクは半信半疑みたいに、顔の下を手で覆うように撫でる。

「そうよ。それにあなた、エミリンド嬢を傷付ける気がしている、と言ったわ。言い訳になると思っていることさえ後ろめたく感じる人が、冷たくてひどいわけないじゃない。あなたは紳士よ」

「だが、僕は詫びにも動けないでいるんだぞ」

「一生懸命真剣に向き合おうとすると、感情の伴わない言葉を選べないものよ。心とかの整理がつかないから、言葉とかがまだ定まらないんじゃないかしら」

逃げ、ではない。

向き合おうとしているから苦しんでる。

彼もまた、当時のことが一番深く記憶に刺さっているのかもしれない。

ブレイクがじっと考え込む。

「僕は……君に、エミリンド嬢のことを余計に傷付けたくないと言ったのか？」

「ええ、言ったわ。エミリンド嬢のこと気になる？」

「待て、リディア」

彼が突然左右から腕を掴んできて、リディアを向き合わせた。

「僕は彼女のことを特別な意味で気にしているわけではないからなっ」

「分かっているわよ、傷付けて申し訳ないと気にしているんでしょ？」

「……すまない。なんで一瞬必死になったのか、僕も分からない」

ここ数日、彼の本音をたびたび聞かされている気がする。ゆっくり手を離していくブレイクを、リディアは見ていた。

「求婚痣をつけられなかったことも気にしていたけど、あなたの個性だったと考えたらいいんじゃないかしら？」

少しでも、彼の胸の中のひどく絡んで凝り固まったものを解《ほぐ》せないかと考え、リディアはそう言った。

「個性……？」

「私と会った時にはつけられるようになっていたわけでしょう？　成人と同時に、の求婚痣だけほんの少し成長が遅れたのではないかしら。恋愛が早いだとか、遅いだとか、みんな違っているのと同じよ」

ブレイクが、どこかぽかんとした珍しい表情を浮かべている。

「個性を笑う人はいないし、恥ずかしく思わなくていいものだと私は思うわ」

話していて、そうだとリディアは思えた。

「つけられるようになったじゃない。今なら他の令嬢達にもつけられると思うわ。婚約の候補だから『試してみて』なんて、気軽には言えないけどね」

リディアは、ブレイクの目から悲痛な重々しい仄暗《ほのぐら》さが消えていることに気付いた。

彼は会場の明かりと、月明かりに照らされてリディアを見ている。

彼女は二人きりのバルコニーで、彼の両手を取って向き合った。

「大丈夫よ、ブレイク。優しさや、悔いや、改善したいと思う感情もきちんとあって、傷付けたくないと思う心もあって、あなたに何か足りないものなんてないわ」

ブレイクのアメシストの獣目が、ゆるゆると見開かれていく。

それは会場からの明かりの反射なのか、きらきらと濡れて光っているように見えた。

冷たい、だなんて言葉は彼に似合わないと感じた。

クールな気質ではある。けれど、無関心で、誰のことも考えないような人、だなんてあるわけがない。

ブレイクが、眩しいものでも見るみたいに不意に目をくしゃりと細めた。

「どうしたのよ。まだ、何か心配？」

「いや……無垢《むく》で、飾りのない言葉だな、と思って」

「ふふっ、もしかして私のこと褒めてる？　くすぐったい気持ちになるから、別にお返しなんていらないわ」

リディアは、彼の手をそっと離した。

彼が寂しそうな仔犬《こいぬ》みたいに、あまりにもじっと見つめてくるものだから、背伸びをして高い位置にある彼の頭を撫でた。

「元気出して。あなたは、大丈夫よ」

今度こそ彼から手を退《の》けようとしたら、大きな手が軽く握ってきた。

ブレイクが熱く見据え――小さく微笑んでいた。

「そうか。ありがとう」

その表情が目に入った瞬間、思考も吹き飛ぶくらいに胸が甘くきゅんっとした。

（あら？）

胸がどきどきして、ぽっぽっぽっと頬まで体温が上がってくるような、それでいてお腹《なか》の奥が熱くなってくる感覚だった。

普段の、色気で困らされた時とは違っていた。

彼が笑うところは何度か見たけれど、見ているだけで彼の目がリディアの体温を上げていく。

「ううん、いいの」

彼と向かい合っている状況が、いまさらくすぐったく感じた。手をさっと引っ込めて、スカートを揺らして後退する。

「なんで離れるんだ？　戻るぞ」

彼が、また珍しい感じで小さく笑った。

「あっ」

近付いた彼の腕が、リディアをあっという間に引き戻した。

取られた手と、腰に回された腕に彼女の胸がばっくんとはねた。覗き込むブレイクの顔が、近い。

色気がダダ漏れで、視界がくらっと揺れた。

「い、いきなり何するのっ」

「僕らは仕事でここにいるんだぞ」

「あ……そうね、護衛待機が仕事だったわね。でも、エスコートにしてもこの距離はくっつきすぎじゃ──」

「踊るぞ」

ブレイクが、リディアの顔に仮面をつけた。自分も慣れたように片手でつけるなり、彼女を攫《さら》うようにして会場へ向かう。

彼女は頭の中で繰り返し、遅れて理解した。

「え……ええぇぇぇっ⁉」

賛同しかねる声を上げている間にも、ブレイクが会場へと戻った。リディアは華やかな賑わいの空気が一気に頬を打ってきて、慌てて口を閉じる。

会場ではすでにダンスの演奏曲が流れていた。

大勢の男女が目の前で踊っている。

楽しむためだけの場というのは、本当に社交の雑談の必要性がないらしい。出席者達は仮面という仮装の状況でのダンスを楽しみ、声を上げて笑ってまでいる。

「こ、こんなに賑やかなダンスは初めて見たわ……」

「僕らも交じるぞ」

彼が手を握り、腰をぐっと引き寄せる。

「えぇっ。ちょ、ちょっと待って」

ダンスの姿勢を整え、彼が周りに合わせてステップを踏み始める。

「な、なんで踊るのっ？　どうしてダンスするの!?」

「夜会だぞ。ダンスの時間があるのは当然で、立っている方が不自然だろう。出席者になりますのも仕事だ」

「うぐっ……」

仕事だから、彼は嫌な気持ちも二の次で積極的にこんな姿勢まで取ったのだろう。

ブレイクがそうまでして自分の手を取り、腰を引いて密着していることを考えると、リディアは断れない。

黙っていると、了承と取ったのか、手を握る彼の手が痛くない程度に力が増した。

それに女性への配慮を感じて、リディアはドキンとした。

「ついでに、このまま警護対象にも近付こう」

「え、えっ」

警護、というと身分が高い人々のところだろうか。

「こ、このまま移動するのっ？　お、お願い、ゆっくりやってねっ」

ステップを踏みながら、ゆったりと回って、互いのドレスと長いコートの裾を広げながら移動していく。

異性にリズムを取られ、密着させられている恥ずかしさがあった。

それから、緊張感だ。こんなところでこけたら大変だと思い、ブレイクにすがる。

「珍しい感じになっているな。なぜ？」

彼がダンスのステップでぎゅっと密着し、囁く。

話すために引き寄せる流れも自然だった。リディアは呆然《ぼうぜん》とする。

「う、うまいわ……」

「誉め言葉をどうも？　それで、どうしてか聞いても？」

うまいと褒めたせいか、ブレイクが優雅にリディアをリードした。

けれど、あくまでゆったりとしたリズムだ。

優しく導く手は、きっと話をするためなのだろう。そう推測がつくのに家族以外とは初めてのリディアは胸が高鳴った。

ブレイクの癖に――悔しいくらいに上手《じょうず》だ。

リードも完璧だった。リディアは彼のおかげで、周りでドレスのスカートを美しく広げる令嬢達と一緒になって、この夜会の煌びやかな風景の一部になれていると感じた。

自分も、うまく踊れているような錯覚。

それは初めて『楽しい』とリディアに感じさせた。

「そんなに興味を引くものじゃないわよ。その……ダ、ダンスは苦手なの」

彼のダンスを見つめて間もなく、自然とそう打ち明けられていた。

基礎練習のあとは兄か執事が練習相手だった。兄が忙しくなってからは、それを言い訳に練習を放り出して自分も家業を手伝った。

誰かの役に立てている方が楽しかったから。

フレデリックも一緒にいられたからだと、リディアは正直に伝えた。

「いい家柄の人達は必須科目でしょ？　私は、その、必要ないかなぁと思って苦手意識もあって上達するのを諦めたのよね……」

だから、その、と彼女はごにょごにょと続ける。

「……こけないように協力をお願いするわ」

弱いところを口にするのは慣れなさすぎて、恥ずかしくて彼の方を見られないでいた。

だが言い終わったところで、正面の少し上から噴き出すのが聞こえた。

「くくっ」

目を向けて、珍しく肩を揺らして笑いをこらえているブレイクにカッと顔が赤らむ。

「ちょっとっ、バ、バカにしないでよねっ？」

「してない」

「でも笑ってるわ」

彼が、まるで湖の上を舞う鳥達のような軽やかなステップを一緒にする。

一度手を握ったまま身体が離れて、演奏音に乗ってブレイクに引き寄せられて、再び腰に腕が回った。

「これは——勝手に口元が緩んだんだ」

密着した際に、彼の目が見下ろしてきてリディアは呼吸を忘れる。

ブレイクは小さく微笑んでいた。それでいて彼のアメシストの獣みたいな瞳は、彼女を微塵《みじん》もバカにしてないと正面から伝えてきた。

「君が踊った初めての相手は、僕なんだろう？」

シャンデリアの明かりのせいなのだろうか。確認するためリディアの目を覗き込んできた彼の目の下が、少し赤く見える。

（なんで、頬も赤くなっているように見えるの？）

けれどリディアも、自分の全身が火照《ほて》っている感覚があった。

彼が近くからひたすら見つめてくるせいで、じわじわと頬ばかりか指先の体温まで上がっていく。

見上げているその人の色香に、くらくらしてくる。

お互いが変な空気になっているのは、踊っているせい――なのだろう。

きっとそうだとリディアは思った。そう自分に言い聞かせないと、彼とのダンスがロマンチックで素敵だという感想で、胸がいっぱいになりそうだったから。

「……そうよ。悪かったわね、十八になっても誘われた経験さえないわ。声をかけられるのは家柄のいい女性か、美人だと決まっているのよ」

リディアは、普段の調子を意識して言い返した。

ブレイクはあくまで〝仕事〟だ。今だけ。そう何度も心の中で念じた。

「ふっ、君らしいな」

「何が『私らしい』よ。社交経験が少ないからって、一度も誘いを受けないのって、恥なんだからね？」

「これまでの男は、見る目がなかったんだな」

ステップを踏んだ時、彼からさらりと返ってきた言葉に咳《せ》き込みそうになった。

（これもダンスを紳士としてリードするため？）

心臓の音がすごい。噛《か》みつき男なんて呼んで礼儀のなさに怒った時はあったが、今は、礼節をもう少し抑えて欲しいと思った。

リディアは結局、ダンスが終わるまで頬を薔薇《ばら》のように染めてしまっていた。

どきどきさせられ続けて完全な敗北感を味わった。

ブレイクは、彼女がお願いした通り苦手意識を抱かせることなく、そして無理のないダンスでリディアをうまくリードした。

大袈裟《おおげさ》な技を披露したりするわけではないのに、そのダンスは周りをうっとりさせた。

仮面で目元を隠しているのに、彼は動きの優雅さだけで女性達の目を引いて、紳士達も踊り終わった時には拍手を送っていた。

「送ろう」

解散していいという指示がちょうど伝えられた時、リディアはブレイクにそんなことを言われて驚いた。

意外にも、かなりロマンチックなダンスまでできる紳士。

伯爵令息であることを実感させられたばかりだったリディアは、動揺した。

「えっ。……あの、現地解散でしょ？　私は一人で出て、帰るくらいでき――」

「その間に声をかけられたら面倒だろう？　だから、送る」

ブレイクは譲らない姿勢だった。

まさか彼から『送る』なんて提案をされるとは、思っていなかった。

先日は事情もあったので、彼の父親が乗ってきた伯爵家の馬車で送り届けられた。でも今日は夜で、任務終了と共に自由時間なはずで――。

「リディア」

迷いを察されたようで、やや強めの声がかかった。

言い出したら聞かない人だろう。これまでの経験からリディアは承諾した。

ブレイクは、肩を抱くようにエスコートして会場を出た。

(あ、あら？　パートナーのふりだった時、こんなだったかしら？)

ちょっと、普段より密着しすぎではないだろうか。

そんなことを思っている間にも彼の執事が二人の仮面を預かった。

「――手を」

同じ馬車に二人で乗ることにもどきどきしていたのに、乗車しようと思ってドレスのスカートを持ち上げたら、ブレイクに手を差し出された。

リディアは、胸がばくばくした。なんだか今夜は彼が少し変な気がした。

普段とは違う彼の伯爵家嫡男としての姿を見せつけられたせいか、むずむずと落ち着かないような恥じらいを感じた。

「あ、ありがと……？」

彼の手にそっと指先をのせると、緊張ごと包み込むみたいに優しく握られた。

(変、というか今日は優しい……？)

ブレイクは乗車のエスコートもやはり完璧で、そして丁寧だった。

座席にリディアを座らせて離れていく最後の瞬間まで、彼の手は狂暴な古代の大ワニをまったく感じさせないほど紳士的だった。

◆

ブレイクはリディアを屋敷に送り届けたのち、彼女が屋敷内に入って玄関が閉まるまでを見届けてから、直帰するべく再び馬車を走らせた。

(明日の朝に渡す報告書を作っておかないと――)

帰ったあとのことを、いつも通り頭の中で段取りを組んでいく。

だがブレイクは、すぐそれに集中できる気がしないと分かった。

――まだ彼の鼓動は速いままだ。

リディアに気付かれなくてよかった。そう思って、彼はらしくない緊張を解く大きな息を吐きながらジャケットの胸元を握った。

悩み続け、身心に重くのしかかっていた父の血筋の古代大ワニの狂暴性。

それを彼女に『個性だ』と言われた時、絡まり続け、がんじがらめになっていた想《おも》いから解放されたのをブレイクは感じた。

それから、求婚痣をつけられないという自分の体質だ。

彼の中で長年、恥ずべき厄介《やっかい》なものであると抱き続けていた印象さえ、リディアは一瞬で吹き飛ばし、書き換えてしまったのだ。

彼はあの一言で、自覚してしまうほど、深く恋に落ちてしまった。

恋をしていたから、こんなにも彼女の些細《ささい》なことまで気にしていたのだ。

(出会った時に感じたあの感覚が、――恋、だったのか)

ピンクブラウンの優しい髪色を、初めて目が追いかけたのはその存在に惹《ひ》かれたからなのだと、ブレイクは今になって悟った。

一目見たら、全《すべ》ての感覚を引き寄せられた。

歯が疼《うず》き、胸がどくどくして――。

だからリディアが他のオスの名前を口にした瞬間に、残っていた彼の理性は切れてしまったのだ。

「……もし求婚痣をつけられないことにも、意味があったとするのなら」

ブレイクは夜の町が流れていく車窓に頭の横を押しつけ、いまだ熱く高鳴って収まらないでいる胸の音を、手で聞く。

彼女が、恋をするタイミングと同じで、できるようになる時期にも違いがあるのではないかと言ってくれたこと。

初めは、ブレイクにとってそれはオスとしての矜持《きょうじ》にかかわる恥だと思っていた。

偶然にも母の黒馬と、父の古代大ワニ、どちらの性質も強く受け継いだ。

そのせいで相性を感知する感覚にも支障が出たのだろうと、獣人族の中でも有名な竜種の〝名医〟レイは推測を語っていた。

それに加えて、二十歳で発覚したのは、成人しているのに求愛の証《あかし》さえ刻めない身だということだった。

まるで、人を愛する資格はないと宣告されたみたいでショックだった。

十六歳の令嬢への配慮にも気が回らないまま、ブレイクは思わず獣人族達ばかりいた会場から、逃げ出したのだ。

――獣人族は、家族と血族と〝親友〟への情愛が強い。

ブレイクも両親を愛してはいたが、上っ面だけで人々を魅了する黒馬特有の美貌なんて欲しくなかったし、強いオスだと尊敬される古代大ワニの破壊衝動による狂暴性だって、欲しくなかったとずっと思っていた。

そのせいで自分には、獣人族なのに情が欠けている。

感情が、足りない。だから相性のうえ、愛を刻む行為すらできない――。

『――傷付けたくないと思う心もあって、あなたに何か足りないものなんてないわ』

そう、思っていたのにリディアが根本から変えてしまった。

ブレイクは、彼女に惚《ほ》れていた。本能から好きになって、そして、交流を重ねていきながらそれは愛へと変わったのだ。

そんな自分が獣人族の情や、愛に欠けているなんてもう思わない。

狂暴性が強く、最悪で厄介な獣人族としての力。

リディアに惚れてしまっていたのだと自覚して、その感覚も変わった。

父から受け継いだその力は、愛した人には決して向けられることはないから彼女を守る最強の武器になるだろう。

それから、相性を察知する感覚が分からなかったからこそ――ブレイクは本能が働いて、あの王宮の広い会場でリディアを見つけられた。

滅多に王都には来ない田舎《いなか》貴族の令嬢と、出会うことができた。

そう考えてみると、自分が厄介だと思い続けていたことは悪くなかった、とも思える。

「リディア……」

離れたばかりの、その人の名前をつい呼んだ。

たったそれだけで、ブレイクの胸は熱くなった。

ああ、好きなんだな、と改めて自覚したことを強く思った。

「……はぁ、今までを思い返すと恥ずかしすぎるだろ」

恰好《かっこう》がつかない。そう思って、ブレイクはずるずると背もたれを滑り、顔に手を押し当てた。

出会った時、ブレイクは彼女に強く惹かれて噛みついてしまっていたのだ。

それを自覚せず、事故を起こしてしまったのだと上司のジルベリックに報告した。原因は自分でも分からないのだと家族の前でも愚痴《ぐち》り、リディアの顔が見えなくなると苛々するのだと執事にも――。

（いや分かるだろ。獣人族が、求愛している相手の顔が見えない時の症状だろうっ）

だからジルベリックも、部下達も呆《あき》れていたのだろう。

思い返すと恥ずかしすぎる。自警騎士団で彼女と再会したあと、廊下に再び出た際に苛々が収まったのも、獣人族の恋心が原因だった。

しかもリディア相手にも、他のオスといられると苛々するとまで言ってのけたのだ。

「……………ここまで自分のことに鈍い男だったとは」

思えば愛犬の名前を確認せず、人間のオスだと先走ったのもあった。

事故で噛んでしまい求婚痣がついたのだと呆然と報告した際、母が『それなら明日には顔を見てくるわ！』とうきうきとして言い、父も同じく嬉しそうにしていたのは――ブレイクに出会いがあったことを、二人は分かって喜んだのだ。

嬉しい。好きだ、彼女が好き――。

ブレイクは目を閉じて、自分の心にじっくりと耳を傾けた。

獣人族の自分にとっての、唯一の最愛。今も、こんなにも心が彼女を求めている。

父と母の体質を持っていたのはきっと幸運だった。リディアという、かけがえのない女性を見つけられたのだから――。

六章　不器用な副団長の頑張りと、気付かない仮婚約者

夜会の任務で、妙などきどきをブレイクに抱いてしまった。

彼と顔を合わせることを思うと、やたら昨夜のことに意識が引きずられてしまわないかと気にした。フレデリックをペット預かり所へ送ったあとが、リディアの緊張のピークだった。

だが、出勤してみたら平常心に戻れた。

というのも――再会したブレイクが変だったからだ。

「これを、やる」

「……はい？」

出勤してみると、執務室にいた彼に菓子の包みを差し出された。

（これは……何かしら？）

リディアは困惑した。

彼は渡すなり部屋を出ていってしまった。紳士モードは仕事限定だったのだと分かって拍子抜けしつつ、やはりこの奇妙な差し入れの存在が謎《なぞ》すぎた。

「…………振替休日が取れない代わりに、上司なりの労《ねぎら》いを？」

夜の時間を使うことになるので、残業扱いだとはジルベリックに説明を受けていた。

すると、執務室でそれを聞いた彼が「ぶーっ」と上品さの欠片《かけら》もなく噴き出し、ばんばん執務机まで叩《たた》いていたけれど。

ブレイクなりの労いの差し入れなら、リディアも気にしないことにした。

しかし、それがその日から毎日続くことになったのだ。

外出から戻ってきた際、手土産《てみやげ》だと言って菓子を手渡され、蛇公爵もお勧めしているという王都で有名なクッキー店の詰め合わせをもらい――。

リディアの反応が鈍いと、たびたび犬用のおやつを挟まれるようになった。

「……ん？　犬用の、おやつ？」

部下への差し入れの労いなのに、なぜリディアが食べられないものを？　と彼女は真面目《まじめ》に首を捻《ひね》った。

それを初めて目撃した時には、ジルベリックだけでなく、居合わせたナイアック達も口を押さえて「ぶふっ」と隠しきれていない笑いをもらしていた。

だが、彼らの眼差《まなざ》しは同時にリディアに対しては残念度を深めていった。

なぜ日に日に、こちらを見る目が遠くなるのか分からない。

「これは副団長、苦労しそう……」

二週目に突入した際、ナイアックまでリディアが理解できないことを呟《つぶや》いた。しかし教えてくれようとする気配はない。

「ねぇ、あの人どうしたの？」

回廊を歩いていたら、今度は鉢合わせした際にブレイクから掌《てのひら》へ焼き菓子の小袋を置かれてしまった。

呆然《ぼうぜん》と見送ったのち、リディアはそばの訓練場の方へと顔を向けた。するとそこにいた騎士達が一斉にほろりとした顔になった。

「どういう感情？」

「副団長が憐《あわ》れすぎて……」

「はい？」

「あの人も問題だったけど、リディアさんの方も問題ありだったかぁ……」

よく分からないことを呟くうえ、やはり詳細は教えてくれなかった。

意味が分からない。どういうことなのかと尋ねても、誰《だれ》も細かいことを言わないまま仕事を言い訳に訓練場から離れていってしまった。

まるで、自分で考えてくださいと先輩の指導でも受けているみたいに感じる。

けれどリディアには労いの差し入れが続くことは謎すぎるので、理由を口にもせず渡してくるブレイクの行動を誰か説明して欲しい。

（私、そんなに疲れた顔してる？）

仕事を覚えるため、ジルベリックの書類の計算合わせも始めてバタついているのは確かだ。

そう思いながら、人がいなくなった訓練場の風景に目を留めた。

（あの夜会のせいで、すっかり遠のいてしまったわ……）

木刀を素振りする時には、ブレイクに見てもらう。

彼とそう約束した。行う時には彼のスケジュールを確認してもらって、どこの時間に入れるか話さないといけない。

執務机で、近い距離で話し合うことを想像すると、なんだかできないでいた。

リディアが彼を意識しているせいかもしれない。

夜会の日のことが脳裏にちらついて、自分が行動を即起こせないでいるのも初めてのことで、彼女自身も戸惑ってはいた。

『愛犬は元気か？』

『……まぁ、元気よ？』

以前なら会話をしてこようともしない人だったのに、夜会の翌日からブレイクがフレデリックのことも聞いてくるようになった。

リディアとしては、彼が『犬』ではなく『愛犬』ときちんと言ったことも意外だった。

それから、最近はたびたび犬用のクッキーももらっている。

（……一度見たし、私の愛犬の可愛《かわい》らしさが伝わってくれた、とか？）

何せ、フレデリックは可愛い。世界一の癒《いや》しだ。

犬用のクッキーについては、そんな推測がようやく頭に固まり始めた翌日。ジルベリックと仕事で出るというブレイクと、廊下で鉢合わせた。

「分かったわ。執務室の留守は、いつも通り私が見ておくから」

「それから、これをフレデリックに」

ブレイクに手を取られ、持ち上げられたその上に、リボンが巻かれた犬用の大きな骨を置かれた。

「……うん？」

なんて立派なプレゼント、とリディアは困惑した。

彼のそばにいたジルベリックが噴き出して「ほんとに渡した」と笑っている。

「あの、……この前からくれるけど、どうして？」

リディアは、昨日の推測もあって、まさかと思って尋ねた。

ブレイクが「その」と言いながら視線を逃がした。ほんのりと、目の下が赤くなる。

「……喜んでくれると、嬉《うれ》しいと、思って……」

リディアは「え」と固まった。

反応を見もせず、ブレイクが踵《きびす》を返して歩いていく。その背をジルベリックが叩き「ぎこちないが、言えたじゃないか」と何やら褒めている。

リディアは考え込み、それを深刻な顔で見送っていた。

（もしかして……可愛すぎるあまり愛犬を奪《と》られそうになっているのでは？）

リディアは、ちょっと本気で心配になってきた。


その翌日、初めて下半期の申告期間を迎えることになった。

「記載した領収を確認して、そちらの数字もすべてまとめないといけないんだ」

ナイアックが荷物を一緒に移動しながら教えてくれた。

冬に突入すると、雪の期間を越すために色々と忙しくなる。

だからそういった行政関係は、冬に入る前には全《すべ》て終わらせる感じになるのだ。リディアも実家で家族総出で追われた経験があった。

（そっか……そろそろ冬が来るのね）

リディアは二階の廊下を歩きながら、ナイアックの向こうに見える外の景色《けしき》を目に映した。

日中も随分風が冷たくなってきたと思ったら、王都へ来てもう一ヵ月を超えてしまったらしい。この調子だと、初雪もあっという間に来そうだ。

「準備もまた手間がかかるから、大変なんだよな」

「これからはそれが私の担当責任になるんだから、そんなこと言わずしっかり頑張るわ。安心して」

ナイアックは「頼もしいです」と目を潤ませて本気で有難がっていた。

まず、執務室に必要な書類も全て揃《そろ》えることから始めた。

資料やファイルだけが保管されている倉庫があり、書類の取り出しと運び要員で、公爵邸の巡回待ちの騎士達にも手伝ってもらうことにした。

「手伝いも頼めるようになったなんて立派だなぁ。すっかり補佐官らしくなって」

指導役だったナイアックが、後輩の成長に感動していた。

だが――書類の数が一番多い一階の倉庫での作業が始まると、彼の笑顔は強張《こわば》った。

「ちょっ、リディアさん胸が当たってる！」

「はあ？　それくらい我慢なさいっ。こんなのは、ただの脂肪の塊です！」

「そんな風に割り切れませんんんんん！」

リディアに指示されておんぶしている騎士と、左右から彼女を支えている若い騎士達も悲鳴を上げる。

「馬役させられなくてよかった」

「ほんとにな」

他《ほか》の騎士達はそう呟いて、ごくりと唾を呑《の》み込んでいた。

どこかに台が置かれているはずだが、という話が出たのは、つい先程だった。

取りにいく時間が惜しいし、リディアが尋ねたらみんなが面倒だという意見に同意した。だから彼女は誰か台になってくれと頼んだのだ。

「ほら、次はもう少し右よ。真上にあるあの箱を取りたいから」

リディアはおんぶしている騎士の肩を軽く叩き、そこに手を置いてぐっと身を乗り出す。

「えええぇぇ！　また腕を伸ばすの⁉　それもう勘弁してくださいっ」

「マジで胸が当たるんですよ！」

「お、俺《おれ》、まだ清い身なんですっ、婚約者になんと言えばいいんですか⁉」

台を探しに行くのも面倒だと言って彼らも了承してくれたのに、持ち上げた瞬間からこの調子でずっとうるさい。

「はぁ？　男なんだからしゃきっとしなさいっ」

「いやぁぁあああ！　頭をぎゅっとしないでっ、全部当たるっ！」

「副団長に殺されるうううう！」

最後は全員が悲鳴を揃えた。

なんでそこにブレイクが出てくるんだろうとリディアは思った。とにかく、時間がかからないようにしっかりしなさいと告げる。

そのやりとりを見つめているナイアックが、他の騎士達に「どうします？」と青い顔で尋ねられ、あわあわと動揺を露《あら》わにする。

「ど、どうしよう、頼もしいかと思ったら作業開始数分で阿鼻叫喚《あびきょうかん》に……」

その時、出入り口を軽く叩く音が上がった。

全員の目がそちらを向いて「あ」と言った。

「何しに来たの？」

そこにいたのはブレイクだった。彼は、騎士達数人を台替わりにしているリディアに「はぁ」と溜息《ためいき》をもらす。

「騒がしい声が向こうにまで聞こえてきていたぞ。蛇公爵が仕事をしてくれなくなったらどうする」

どうやら、つい先程まで打ち合わせしていたようだ。

ブレイクの話によると蛇公爵様は腹を抱えて大爆笑し、ジルベリックが『鷲《わし》が合流してはまずいっ』と言って、慌てて公爵本邸の方へ連れ戻したのだとか。

「鷲？」

「本邸側にいらしているあのお方の仕事仲間だ。それより、君は何をしているんだ？」

「下半期に各所に提出する書類作りのための、資料集めよ」

リディアは、見て分かるでしょと両手を少し広げる。

「騎士を困らせてか」

ブレイクが腕を組み、秀麗な眉《まゆ》をもっと寄せた。

「困らせた覚えはないわ。了承したのに、勝手に騒ぎ出したの」

そう教えたところで、リディアは「ん？」と静かになっていることに気付いて下を見た。

そこにいた騎士達が泣いていた。見守っている先輩のナイアック達が、同情たっぷりに涙目で合掌《がっしょう》している。

「……確かに君は胸が大きい」

騎士達の方に集中していたから、リディアはよく聞こえなかった。

なんだろうと思ってふっと視線を上げるとブレイクが歩み寄り、両手を伸ばし向けた。

「この手は、何？」

「そこから下りろ。そうすれば、問題はすぐ解決する」

見守っているナイアック達が、ブレイクに激しく同意して首を上下に振っている。

それを眺めていたら、すぐ目の前に綺麗《きれい》な白い手が映り込んだ。

顔を上げると、そこからブレイクがじっと覗《のぞ》き込んでいる。

「おいで」

優しい声色に、なんだかそわそわしてしまった。うるささでそんなに困らせてしまったのかしらと思いながら、らしくなくしおらしく頷《うなず》く。

そんな二人を見つつ、騎士達が背を屈《かが》めた。

リディアが両手を伸ばして身を乗り出すと、ブレイクが抱えた。

軽々と持ち上げられてリディアは驚く。騎士達の上から、あっという間に引き離された。

けれど、床に下ろされた際にはふわり、というくらいに優しかった。

なんだか胸がむずがゆくなった。向かい合った近さが猛烈に気になってきた。しかし彼の手はリディアの腕に回っただけで、まだ離れていない。

「あ、あの、手を――」

「いいか、こういう時も僕を呼べ」

ブレイクがそう告げてきた。リディアは訝《いぶか》って、顔を顰《しか》める。

「あなたは副団長じゃないの。物を探して運ぶだけで呼んだら、怒るでしょ」

「怒らない」

「忙しいのに変わりはないんだから、こんなことでいちいち呼び出すのは嫌よ」

「じゃあ命令する、今後は呼べ」

リディアはそのしつこさにプツリと切れた。

「だから、こんなことに副団長を呼ぶのはおかしいでしょ！　なんでそう引き下がらないわけ!?」

「君が他の誰かを構うのが嫌だからだ！」

リディアは目を丸くした。やりとりをはらはらと見守っていたナイアック達が、赤くなった顔をバッと手で覆う。

ブレイクがハッとして口を閉じる。

それを見てリディアはピンときた。「なるほど」としたり顔で頷いたら、彼が緊張でもしたみたいにそろりと手を離した。

「ブレイクは私に『部下に迷惑をかけて仕事を増やすな』と、そう言いたいわけね？」

指を向けてどうだと確認した途端、ブレイクが唖然《あぜん》とした。

ナイアック達が「全然考えていることが違ってる」「副団長かわいそう」などと、ひそひそと話し出す。

ブレイクが、こらえるような間を溜《た》めたのちに大きく息を吐いた。

「まるで意識を持たれていないのは分かった……」

「なんの話？　あっ、そういえば昨日も犬用の骨をありがとう。フレデリックがすごく喜んでくれて、夜中までずっと夢中だったわ」

リディアが思い出したまま口に出したら、ナイアック達が「それ、今思い出すこと？」とツッコミしていた。気にしてブレイクを見る。

「……そうか。喜んでもらえて、何よりだ」

ブレイクが葛藤《かっとう》するような妙な顔で、そう言った。

◆

「それで、仕事の方はどう？」

翌日の午後、リディアは仕事帰りに、令嬢友達のキャサリアとガーデンカフェで落ち合った。外席ならペットの同伴が可能で、お願いしたらフレデリックの水とごはん皿も出てきた。ペット預かり所で一食分ずつ犬用フードが売られている充実さも、嬉しい特典だ。

「引き続き順調よ。明日も下半期の処理ね」

「まぁ、令嬢なのに相変わらず殿方みたいなことをしているのね」

彼女には、そういうイメージなのだろう。

「ところでブレイク様とはどうなの？　最近、手紙で愚痴《ぐち》を聞かないけど」

「ああ、彼最近少し変なのよね。お菓子とか、愛犬のクッキーとかを部下への労いで毎日くれるのよ。おかげで喧嘩《けんか》とかないの。不思議よね？」

リディアが話しているそばから、キャサリアが察した表情をした。

「ブレイク様かわいそう……」

「え、なんで彼の肩を持つの？」

キャサリアは「いい毛並みねぇ」と言って、はぐらかすようにフレデリックのごはんを中断させ、頭を素早く撫《な》で回していた。

「ああ、そうじゃないわ。今日呼び出したのは他に用があったからなの。あなたのライバルから手紙を預かったわよ」

「……ライバル？」

はて、覚えがない。そう思っていると、彼女が一通の手紙をリディアに渡した。

「まぁ、呆《あき》れたわ。アドリーヌ伯爵令嬢よ。仮婚約者としての初めての同伴出席で敵宣言をされたんでしょ？　手紙で私に愚痴ってたの、もう忘れたの？」

そういえば敵認定されたのだ。

リディアは忘れていた面倒事の予感を思い出した。あれはブレイクのせいなので、ここにいない彼に文句を思い浮かべながら手紙を開封する。

「ここで平気で開けるのねぇ、あなたらしいわ……みんな、いつか社交の場で伯爵令嬢に突撃されるんじゃないかって心配していたのよ」

全然来ないものだから、痺《しび》れを切らしてキャサリア達のグループを訪ね、手紙を渡して欲しいと頼んだそうだ。

「彼女、仮婚約者の座を奪いたいみたいだったわよ」

「候補なんだから、ブレイクが頷けばなれるんでしょう？」

「アドリーヌ嬢も周りの人達も、あなたが本命なんじゃないか、と思っているようよ」

「あはは、まさか」

期待の目で見てきたキャサリアが、溜息を短く吐《つ》いていた。

とりあえず封筒から取り出した手紙を開く。彼女と一緒に、口元を満足げにぺろりと舐《な》めながらフレデリックも覗き込む。

そこには、仮婚約者になれて羨《うらや》ましい、悔しいと文句が短く書かれていた。

リディアは目を点にした。

「用件はとくにないみたい。ブレイクに仮婚約して欲しいみたいだし、それなら彼に直接お願いしてってアドバイスを返事に書くわ」

「えっ、それはやめた方がいいかと……」

「わん！」

フレデリックが珍しく強めに吠《ほ》えた。リディアは寂しがっているのだと思い、にっこりと笑いかけて彼の大きな頭を撫でた。

「そうね、そろそろお散歩に行きたいわよね」

「わ、わふ？　わふぅ……」

「あなたの愛犬、あなたを心配してアドバイスしているだけだと思うのだけれど」

「久しぶりにあなたと歩けるかもしれないから、はしゃいでいるのよ。キャサリアも少し一緒にどう？」

キャサリアは大袈裟《おおげさ》に目を回した。

「あなたの主人って、決めたら即行動だったわね」

そう言って、フレデリックのもふっとした肩にぽんぽんと手をやっていた。

散歩をして帰宅したのち、リディアは返事を書いた。

送った翌日の夕刻、アドリーヌのエメネ伯爵家からわざわざ使いが来て、このまま返事まで持ち帰りたいのだがと申し訳なさそうに頼んできた。

そこで、アドリーヌからの追っての手紙を開いてみると、

【あなたバカじゃないの!? そんなのできたらしてるわ! 普通できないのよっ、バカ!】

バカと二回も書かれた文章の最後には、なぜか明後日に決闘だと日時が書かれていた。

◆

喧嘩なら受けて立とう。面倒なことは迅速に終わらせることにして、昨日リディアは使者に了承の返事を持たせたわけだが――。

一つだけ考えなければならないことがあった。

アドリーヌが提示してきた待ち合わせ時間は、明日の夕刻頃だ。ペット預かり所からフレデリックを迎えたあと、誰かに見てもらわないといけない。

(うーん、平日の最終日だからナンシーおばさんとフィルお兄様も社交の予定が入っていたわよね……)

「珍しく悩み事か?」

執務席でぐぐっと腕を伸ばしたジルベリックが、ふと気付いて声を投げてきた。

「あれ？　いつの間に戻ってらしたんですか？」

「俺ってそんなに存在感薄い？　やっぱりイケメンでもないおじさんだと、安心感の方が強すぎるかなぁ……」

ジルベリックがショックを受けてほろりとする。

「安心感の話はしていないんですけど……もしかして何か気にしていることでも？」

「デートに誘ったんだけど、なかなか『親切でいいおじ様』から進まなくてデートだと気付かれなかったんだ……。人族令嬢なんだけど、チビの時から見てきてさ。そこから三年頑張っているわけだが、十七歳の彼女にとって俺は『安心できるジルベリックおじ様』……」

何やら、本日の彼の地雷を踏み抜いてしまったらしい。ジルベリックが思い返すみたいな顔で一人悩み始めた。

（……いくつの年齢差なのかしら）

まさか意中の相手が二回り近くも年下なのが意外だった。

（ううん、そうじゃなくて私も自分のことを考えないと）

ジルベリックにつられて、リディアもうーんと考え込んだ。

令嬢との対決だ、一度帰宅するとなるとフレデリックの散歩時間がなくなってしまうし、かといって散歩までフィッシャーに頼むわけにも――。

その時、報告を告げるためノックしてブレイクが入室してきた。

「団長、敷地内の見回りで、蛇公爵に噴水へ沈められたライル騎士伯の回収があり――て、何をしているんだ？」

ジルベリック、それからリディアを見て彼が顔を顰めた。

「待って、情報量。頭の処理が追いつかないのだけれど、なんですって？」

「だから騎士伯だ。蛇公爵の騎士にして幼馴染《おさななじみ》、君の仕事ではないので気にするな」

いや、気になる。蛇公爵に噴水へ沈められたのか？

（え、こわ……仕事でへまでもしたの？）

ブレイクが「聞いてくださいよ」と言って、いまだうんうん考えているジルベリックの頭に報告書をぽすっとあてて受け取らせた。

「やる」

そのままリディアのところへ来ると、犬用クッキーが入った袋を差し出してきた。

「え？　あ、うん、ありがと」

そのまま机に置いてくれていいのにと思いながら、彼の手から受け取る。

するとブレイクが、ちょっと悩んだみたいに見つめてきた。

「どうしたの？」

「君は……こういう手土産は、困ったりするのか？」

彼がいつもと違った感じで少しだけ眉を寄せ、うかがってくる。

(あ――心配している顔だわ)

愛犬の姿が重なって、リディアはしゅんっとされていることを感じ取った。

(え、あの彼が、しゅん……!?)

どこか切なそうな目だと分かった瞬間、眼差しからぶわっと色気の暴力が襲いかかってきて、思わず反射的に立ち上がった。

「う、ううんっ、とっても有難いわ！　ありがとう！」

色気がものすごく増すので、できればいつもみたいに顰め面をしていて欲しい。

不意打ちをくらってうっかり赤面しそうになった。込み上げた熱を引かせるため、慌てて言葉を紡《つむ》ぐ。

「フレデリックも最近あなたの名前出すと、美味《おい》しいものが出てくると分かって尻尾《しっぽ》を振って寄ってくるのよっ」

「そうか。なるほど、うまくいってくれているようで安心した」

「……『うまく』？」

ふむと顎《あご》に手をあてて頷くブレイクが、リディアは気になった。

(まさか本当にフレデリックを狙《ねら》っているんじゃや……！)

「まあ、とにかく座るといい」

ブレイクがリディアの両肩に手を置き、すとん、と椅子《いす》に座らせた。

これで話は終わりだろうか。そう思ったリディアは、直後、彼が机に両手を置いて、ぐっと顔を近付けて目を合わせてきたので飛び上がった。

「ひゃっ、な、何かしら、他に用でもあるのっ？」

「とくにないが？」

すぐに返ってきた返答を受けて、リディアは固まった。

（……じゃあなぜそこにいるの？）

向こうの執務机で、ジルベリックがショックはどこかへいったみたいに口を押さえて肩を震わせ笑っている。

見目麗しいうえ、色気が壮絶な顔面が目の前にあり続けるのは、大変困る。

とにかく、ブレイクにじっと見つめてくるのをやめさせよう。

「え、えーと、ああそうだっ、急だけど、明日早めに退勤することってできるかしら？」

すると、ブレイクが眉を顰《ひそ》めてもっと顔を寄せてきた。

「誰と会う予定なんだ？　それとも婚姻活動でも？」

「うわぁ近っ――え、違うわよ？　えぇと、女の子と少し会うことになって……あの、まぁ会う理由はいいとして、早めに迎えられれば散歩もできるし、フレデリックを見てくれる人に事情も説明できるし」

「それなら僕が迎えにいって、散歩までさせて屋敷へ届ける」

「え……えぇぇっ！　あなたがっ？　なんで!?」

ブレイクが至近距離からじっと見つめてくる。

「君の愛犬と交流を持ちたい」

それを聞いて、リディアはハッと深刻な表情をした。

「……な、なんで私の愛犬と？」

「僕はフレデリックとも仲良くなりたいと思っている」

リディアは固まった。先日の予感が杞憂《きゆう》ではない可能性に、こくりと唾を呑む。

「あの…………フレデリックはあげないわよ？　すごく可愛いのは分かるけど」

その瞬間、ジルベリックが強く噴き出してゲラゲラと笑い出した。

突然の大笑いにリディアは困惑した。ブレイクが気難しい表情を浮かべて「ふー」と息を吐く。

「誤解だ。奪るつもりはないので、安心して欲しい」

「そ、そうなの……でも明日よ？　急だけど本当に大丈夫なの？」

まさか散歩まで提案してくれるとは思わなかった。かなり好条件で、リディアはすがる気持ちでブレイクをおずおずと上目遣いに見た。

ブレイクが、不自然にびくっと揺れた。

すると首を伸ばしてジルベリックが口を挟んできた。

「ブレイクの予定を空けるくらいなら問題ない。明日決行するんなら、今日にでも愛犬君に慣らしておいた方がいいんじゃないか？」

確かに、ジルベリックの言葉は正論だとリディアは思った。

「ブレイクって犬のことよく分かってない感じあるし……」

「おい、僕は別に――」

「それなら今日、一緒にフレデリックを迎えにいく？　ちょうどクッキーもあることだし、あげ方とかも教えるわ」

彼からもらった犬用クッキーの包みを掲げて見せたら、ブレイクが真剣な顔になった。

「僕は犬のことはよく分からないので、一緒に迎えにいく」

即答を聞いて、またジルベリックが腹を抱えて笑っていた。

(ちょっと意外だったかも……)

午後四時に一緒に帰ることを約束したあと、リディアはジルベリックに本邸側へ行ってくると伝えているブレイクを盗み見た。

彼がフレデリックのお迎えを提案してきたこと。

それから、誘ってみたら、帰る時に一緒に行くとすぐに答えてくれたこと――。

どちらも急だったので、もう少し考えるか、渋って嫌な顔をされるかと想像していた。

（でも、こんな風に誘えてしまう私も少し変よね）

少し前なら、一緒に帰るなんて抵抗があった。

彼との日々を積み重ねて、少しずつ――そして最近はぐんぐん、彼との距離感が縮まっていっているような気もした。

リディアは、退勤時間にブレイクと共に自警騎士団をあとにした。

「本当に大丈夫？　あなた、この前フレデリックとすれちがってばかりだった気がするけど」

「問題ない」

隣を歩きながら、リディアは「ふうん」と言って視線を外すそぶりをし、ブレイクの方を引き続き盗み見てしまった。

彼が顰め面もせず隣にいて、彼女の代わりに犬用クッキーの袋まで持っている。

その光景は珍しくて、それでいてなんだか胸が甘酸っぱくなるような感じがした。

ペット預かり所に着くと、担当者の隣からフレデリックがぽかーんとした顔でブレイクを見上げていた。

「わ、ん……？　んん？」

フレデリックが分かりやすく首を傾《かし》げる。

見つめ合うブレイクが、顎を少し上げ、犬用のクッキーを持ったまま腕を組んだ。

「僕は害のない人間だ」

「んー」

「リディアから聞いていると思うが、この前のおやつもあげた『ブレイク』だ」

犬相手に真面目に話しかけている。

リディアはどういう状況なのか分からず、とりあえず見守っていた。

「そしてフレデリック、今日もクッキーが欲しくないか」

ブレイクが言い、手に持ったクッキーの袋を掲げた。

その途端フレデリックの目が輝き、いつもならリディアの抱擁を待つのに、素早く彼にすり寄った。

「わんっ」

「ほら見ろ。二人の間に大きな溝はないし、僕でも迎えられる」

なぜかブレイクが生真面目にそう伝えてきた。

リディアは、ひとまず近くの広場で交流の時間を持たせることを決めた。リードを持たせるのはその次に教えよう。

(彼、犬を飼ったことがないみたいだし……)

ペット預かり所からリードを借り、まずはつけない状態で近くの広場へと移動した。

大きな噴水の前でフレデリックにまずは言い聞かせる。

「いいこと、フレデリック？　明日は彼が迎えにくるからね」

「わふ？」

しゃがんだ彼女と、それを見守っているブレイクの組み合わせを、通行人達が見つつ「妙にデカい犬だ……」とざわついている。

とりあえず、リディアは明日のことについて説明した。

賢いフレデリックは理解したようだ。頷いたが、悩む感じでうーんとブレイクの方を見た。

「ブレイクが迎えにくるのは嫌なの？　散歩もしてくれるそうよ？」

「フレデリック、クッキーがあるんだが」

「わん！」

田舎《いなか》にはない美味しい犬用クッキーが大変気に入っているようだ。続いてブレイクがさっと袋を見せたら、フレデリックが彼の前に素早く行ってお座りした。

「この子、そんなに食いしん坊じゃなかったはずだけど……」

リディアは、ちょっと恥ずかしくなった。

「君は悪くない。食い意地が張ったのなら、僕のせいだろうな」

実は高級犬用クッキーなのだとブレイクがしれっと言い、リディアは驚きで恥ずかしさも吹き飛んでしまった。

というわけで、まずはクッキーで交流を深めることになった。

やはり犬を相手にした経験がないようで、リディアはブレイクに実演指導を頼まれてそばで教えた。彼の手を取ってクッキーを空中でキャッチさせたり、手を添えてフレデリックの口へ持っていかせたりする。

「教えた方が悪かったら言ってね」

「今のままでいい。……大変役得だと思う」

フレデリックが美味しそうにクッキーを食べる音で、よくは聞こえなかった。

普段より多くクッキーが食べられて大変嬉しいみたいだ。ブレイク一人でのクッキーの空中キャッチが始まると、フレデリックは元気いっぱい噴水広場を走り回った。

「ブレイクうまいわね！　そんなに投げてもフレデリックがキャッチできたのも驚きだわ」

「まぁ、獣人族は力があるからな」

なんでもないようにブレイクは言ったが、心なしか誇らしそうだった。

そのクッキーを追いかけ、巨体を思わせない軽々という大ジャンプで咥《くわ》えたフレデリックも、胸を張って「ふんすっ」と得意げな顔をした。その際には見ていた人々から歓声と拍手が起こっていた。

（ふふ――楽しいかも）

今の時間にあげる枚数分に達したところで、クッキーをあげるのは終了となった。

リディアは「おいでっ」と言って、フレデリックを自分のもとに呼ぶ。彼がやってくるとぎゅぅっと抱き締めた。

「偉いわフレデリック！　一つも落とさなかったわね！」

「わん！」

可愛くて賢い愛犬を、両手をいっぱい使って撫で回す。

だが、不意に後ろから腕を掴まれて引き起こされた。そのままリディアの身体《からだ》は、ぐるんっと後ろへ向きを変えられた。

「ぐぇっ」

直後、ぼすんっと顔面が温かい何かに押しつけられた。

鼻いっぱいに男性の、紳士用の香水の匂いがした。リディアは両腕に一層かき抱かれ、ようやくブレイクに抱き締められていることに気付いた。

「な、なっ、なんで私を抱き締めてるの！」

真《ま》っ赤《か》になってうろたえた。

「君の犬が羨ましい……！」

続いてがばりと肩口に顔を埋められてしまった。そこで何やらもごもごと叫ばれ、リディアの口から「ひゃあっ」と悲鳴が出た。

くぐもった美声が身体に響いて、腰も砕けそうになった。

「あ、あの、ブレイク……っ」

――頼むから、そこでこれ以上何も喋《しゃべ》らないで欲しい。

肉親以外に抱き締められた経験がないので、リディアには刺激が強すぎた。

「その、速《すみ》やかに離れてちょうだい」

「すまないがもう少しだけしていていいか、君の匂《にお》いがして……」

「ひぅっ」

声と共に、ぞくぞくっと甘い痺れが耳と肩口から腰へと走り抜ける。何か彼が話しているが内容を聞く余裕はない。

(か、彼って本当は犬好きだったりするの?)

犬のことが分からなすぎて、勢いで代わりにリディアにこうしているのだろうか。

どきどきしすぎて身体が熱くなって、うまく頭が回らない。そういうことにしておこうとリディアは思う。

この状況はまずい。

リディアは、自分にも彼の色気はかなり有効になっている状況を実感させられた。

今は彼が素敵な紳士であることは認めているせいで、一人の男性だと意識して彼女の胸は驚くほどどきどきしている。

この状態で美声を聞いたら、今度こそ腰が砕けてしまう。

周りから注目してくる人達の視線も恥ずかしすぎた。

「フレデリック！　ゴーっ！」

離れてといっても効果がなかったので、最後の頼みの綱のように叫んだ。

次の瞬間、大きなもふもふ犬が『何々遊んでくれるのーっ？』と楽しそうな笑顔で突っ込んできた。

そのままブレイクが横から受け止め、リディアからはがされていった。

「……すまなかった」

フレデリックにリードを繋《つな》ぎ終わった時、またブレイクが謝った。

あまり覚えていないとはぎこちなく説明はされた。何か口にしていたかと二回も確認されたが、聞こえなかったのでリディアは正直にそれだけ答えた。

赤面して、腰が砕けそうになったなんてうっかり知られたら困る。

そこで早速、帰路の途中までリードを持たせることにした。彼は仕事が残っているのであまり蛇公爵邸からは離れない方がいい。

「早速リードを持ってみましょうか」

振り返って気を取り直すように告げたところで、ハタと気付く。

「あっ……そういえばフレデリックはかなり力が強くて」

「心配しなくとも大丈夫だ」

ブレイクはリディアが戻した手を持ち上げ、そこからリードを取ってしまった。

帰路を歩くことになった。

リディアは心配してブレイクの隣を歩いていた。

フレデリックは、大満足という様子で尻尾を振って前を進み出した。だが彼女の予想通り、路肩の看板や花壇など、好奇心がピンと向いた際に匂いを嗅《か》ぎに遠慮なく向かってリードを引っ張った。

あっ、と思って慌てたが、リードがギリギリ鳴るだけでブレイクは平然と歩いていた。

「すごい……全然平気そうね。彼、成人男性も軽々と運ぶのに」

「獣人族だからな。安心して任せられるだろう?」

ブレイクが、口元にほんの少し笑みを浮かべて得意げに見てきた。

犬の世話をしている状況を悪く思っていないみたいだ。フレデリックも機嫌よくブレイクにリードを握らせている光景も、なぜだかリディアを嬉しくさせた。

「ふふ――ええ、そうね。それなら明日は安心してお願いするわね」

冬も近い今の時期は、日が暮れるのも早い。

思っていた以上に過ごしていたようで、空は夕焼け色に変わっていた。

それをリディアは、フレデリックが歩くと自然と人がよけていく大きな歩道を進みながら眺めた。

（『勝負する』と書いてあったけど、何をするのかしら）

話し合いなら早く終わるので、馬車を拾って帰るまでは真っ暗じゃなくて済みそうだが。

「今日みたいに遊ばせて、散歩させてから帰宅させるよ」

「ありがとう、運動させてくれるのも有難いわ。もしかしたら私、しばらく帰れないかもしれないから」

「何かあるのか？」

考え事をしながら話していたリディアは、ぎくんとした。

喧嘩をしてくる、なんて彼に意気揚々と言えるはずがない。この先まででいいからとはぐらかしたら、ブレイクが数秒ほどじーっと疑惑の目を向けたのち、

「――いや、明日もフレデリックを自宅まで送り届けるから、リードを外すタイミングを教えてくれ」

そう言って、明日のリディアの用事の詳細は聞いてこなかった。

◆

翌日、リディアはいったん一人で帰宅した。

久しぶりに故郷でよく着ていた軽いスカートドレスに着替えた。貴族の令嬢だと目を引かな

い衣装に、と指示されたメイド達は不思議がっていた。

そして夕刻の待ち合わせ時間、指定されていた通りでアドリーヌと合流した。

「でも、まさか行き先が一般の酒屋なんてね。びっくりしたわ」

「その方が変装して紛れるからよ！」

アドリーヌは真っ赤な髪を三つ編みにしていた。同じく町娘に紛れても大丈夫そうな衣装を着ている。

彼女のあとについて行ったら、到着したのは綺麗めの大きな酒場だった。

彼女の父が気に入って経営援助もしているという。衣装もだいぶ着慣れているみたいなので尋ねたら、気晴らしでよく来るのだという。

「……ねぇ、私達もしかしたらいいお友達になれないかしら？」

「あなた、わたくしが手紙になんと書いていたか覚えてる⁉」

アドリーヌに手を引っ張られて入店した。

座ったのはカウンター席の真ん中で、内側に立つ店長がよく見える位置だ。

「どれも美味しそうね」

「そうよねっ、メニュー名からしても美味しそうでしょう⁉　令嬢の大半はバカにしたりするけど、串焼きもすごく美味しいのよ！」

カウンターの向こうで店主が「ありがとうございます！」と言った。

「王都の大衆メニューはあまり分からないのよね。ほとんど領地にいたから」

「そうなの？　まったく世話が焼けるわね！　ならわたくしがおすすめを注文してあげる！　文句は言わないでよ！　王都の食事も楽しめるラインナップがいいわよね、それから貴族にも人気がある商品も教えてあげるわ！　これと、それからこれもお願いっ！」

「ご注文ありがとうございます！」

アドリーヌがどんどん進行していく。

（彼女、世話焼きのいい子なのでは）

リディアはそんな可能性が頭に浮かんだ。様子を見守っていたら、彼女はビールジョッキを置き、つまみを揃えてきちんとちゃんと紹介し、王都だと食べる順番はこういう感じなのだと一緒に食べさせた。

（――うん、これ、すごく世話好きだわ）

令嬢なのに、平気でビールジョッキを注文したところにも好感が持てた。

店内には、仕事が終わったらしい男達がたくさん入っていた。

アドリーヌがいる風景は珍しくないのか、人もよさそうな笑顔で互いにビールジョッキで乾杯したり、ショットグラスを突き合わせたりと店内の雰囲気は明るくていい。

「それで、どんな勝負をするの？　賭ける目的もとくにないのだけれど」

「わたくしね、あなたを何がなんでも負かしたい気分なの。だから、これよ」

アドリーヌが、二人の新しいビールジョッキを置く。

目的の意味が分からない。どれだけ飲めるか勝負したいようだ。

「いいの？　私、結構飲むわよ？」

「言っておくけど、わたくしの方が強いわ！　自信があるものを選んだからねっ」

店長がグラスは数えてくれるとのことで、飲みつつまず店内の他の客達と変わらず料理を楽しんだ。

とはいえ、食べ物の話が止まらない中で二人の女性が、どんどんビールジョッキを空にしては、お代わりしているのは目立つ。

周りが気付いて注目し、次第に盛り上がり始めた。

「おぉっ、いい飲みっぷりだなぁ」

「俺らも負けてられねぇな！　店主、俺らも同じのをくれ！」

店主が嬉しそうに笑って「はいよ、みんなどんどん注文してくれ」と彼らに答え、店員を走らせた。

そんなことも知らず、リディアはアドリーヌと会話のノリで「もう一杯」と勝負の掛け声をし、残っていたビールをぐびーっと飲み干した。

「ところであの獣人貴族ドワイ家のエミリンド伯爵令嬢も、田舎令嬢だって色々と言っていたみたいよ。熱心な取り巻き達は、変な犬を連れてる田舎令嬢って噂《うわさ》してたわ。それを聞いてわたくしもあなたを知ったのだけれど、本当なの？」

リディアは「変な犬……？」と呟きながら考えた。

（エミリンド嬢……夜会で私を『探した』と言っていた女性ね）

ブレイクが六年前、求婚痣《あざ》をつけられないことが発覚し、今でも重く深く心に突き刺さって解決しないでいる出来事だ。

彼も、エミリンドも、互いがあの日に傷を負って動けないでいる。

「有名な人なの？」

店主から新しいビールジョッキをもらい、一つをアドリーヌの方へ置く。

「外交官として活躍している一族で、エミリンド伯爵令嬢も年の半分以上を外国で活躍しているすごい女性よ。ファンが多くて、新しい熱心なファンが過激反応してあなたのことを噂してるというのが正しいと思う」

取り巻きのリーダーなのに止めようとしていないので、言いふらしていることに変わりはないけれど、とアドリーヌは飲みながら言う。

「フレデリックは変な犬じゃないわ」

「ん？　ああ、犬の話ね」

リディアの口から二人の過去の部分は、憶測も推測も言えないので質問に答えた。

「包容力に溢《あふ》れた賢い犬なの。うっかりピクニックシートを一回り小さいものを持ってきた時は、彼が私を上に乗せて寝かせてくれたわ」

「ちょっとお待ちなさいっ、犬が譲らない時点で包容力なんかないわよ!?」

芝生があるでしょとアドリーヌがなんだか怒ってる。

いい感じでほろ酔いになってきたみたいだ。いい気分で、ふわふわする。

「王都に来て夢の半分を叶《かな》えて、愛犬ラブ生活を満喫しているの。私は幸せだし、誰がなんと言おうとだからまったくダメージにならないわ」

「……犬、ラブ？　というか夢って、残り半分はブレイク様との結婚とか!?」

「違うわよ。愛犬と暮らし続けるのが夢なの。あとはアパートを借りるだけ」

「ふうん、変な夢ね。ま、いいわ、なんだか気持ちがいいし」

二人見つめ合い、うふふと意味もなく笑ってしまった。

それを見た店主が「そろそろエメネ伯爵様の家に連絡を」と言って、若い店員の一人が「はいっ、外の護衛に伝えてきますっ」と答え、店から出ていった。

「都会にある犬用クッキー、大変素晴らしいわ。種類も多いし、総合栄養食版もあって、とっても美味しそうに食べるのよねぇ。ちょっと高いけど、ぜひ地方にも置いて欲しいわ」

「あなた軌道修正しないと話題が愛犬のことばかりね。貴族に人気の散歩コースとかは？」

「散歩コースがまた最高で、週末に毎回愛犬と新しいコースを発見して――」

「また愛犬の話!?」

先に強く酔ってしまった男達の陽気な大合唱が始まる。それを他の男達が大笑いし、店員達も「今日の出勤超楽しいっ！」と走っていた。

「はぁっ……ほんと風変わりだし、話していると調子が狂うし、ばからしくなってきちゃった」

新しいビールジョッキを自分とリディアの前に寄せ、アドリーヌが溜息を落とした。

「結局、求婚痣をつけるつけないは相性とかも関わってくるんだから、あなた自身をどうこうしたって、わたくしが仮婚約者になれるはずもないのは分かってるの。一番目の求婚痣をもらえないか期待して積極的にアピールしてたのになぁ」

その『積極さ』がだめだった気がする、とリディアは密《ひそ》かに思ってしまう。

「あなたの存在は本当に不意打ちで、急に頑張り甲斐《がい》がなくなっちゃったみたいに、どうしていいか分かんなくて八つ当たり的な」

「本人を前にして言うところ、好きよ。ブレイクに聞いてみればいいじゃない？　求婚痣ってステータスなんでしょ？」

「ううん、獣人族はつけたい相手にしかつけないの。相性だってあるし」

リディアは、彼が彼女をものすごく苦手にしていたのを思い返す。たぶんブレイクにとって自分もその類《たぐい》だろう。

（事故だから、つけたくない相手である私は噛《か》まれてついたのね）

しみじみと思い返しながらビールを飲んでいると、ガシリと肩を掴まれた。

「こんなに飲める令嬢は始めてだわ。次の殿方探しのためにも、気持ちよくあなたを負かして帰るから最後まで付き合いなさいな」

「奇遇ね。私も仕事でもやもやしていたところなの。勝って気持ちよく帰るわね」

二人は酔い始めていた。そうなると勢いは一気に増す。

それからはどんどん飲んだ。飲み干すごとにストレスが減っていくような爽快感。そして次第に気持ちよさがきた。

つられて真似《まね》した客達が半分以上先に潰《つぶ》れていた。

いつの間にか仲良しになっていて、アドリーヌの迎えが来た時、リディアは彼女と肩を組んで泥酔しきったお互いを支えて店の外に出た。

「本当に大丈夫でございますか？」

「ふふふ～、大丈夫です。ありがとうございます～」

獣人族の執事は信用ならなそうな顔をした。アドリーヌは馬車に乗せられて眠ってしまっている。

「ですが、この状態で馬車を別で拾うのは難し――」

不意に彼は鼻をひくんっと上げた。

「――分かりました、本日はお嬢様にお付き合いいただきありがとうございました」

リディアは、夜に包まれた道を走り去っていく馬車を見送った。

ふと、店からの明かりに照らし出された自分の呼気が、白いことに気付いた。

(そっか。夜にこうして出るのも久しぶりだから)

夜は、すっかり冬の気配が訪れていたらしい。

けれど、不思議と寒くはない。むしろ身体がぽかぽかして外気がちょうど気持ちよく感じた。

(うーん、眠い……)

ふらりとした時、リディアの背を誰かが支えた。

「まったく、呆れたな。君は怖いものがないのか？」

肩越しに見上げてみると、それは厚地のコートを着たブレイクだった。

「あら、真っ白いコートなんて珍しいわねぇ」

「ベージュだ。よくもまぁ、令嬢と一騎打ちしようと思ったものだ」

「なんで知っているの？」

「調べた」

怪訝《けげん》に思ったものの、気分がよくて「まぁいいか」と口にした。

「私、馬車を拾って帰るから、また職場でね」

「おい待て、なんのために来たと思ってる。君を迎えて、安全に送るためだ」

足がよろけたリディアをブレイクが抱き支えた。彼女は状況がよく理解できなくて、そこにあったコートを握って身を起こす。

「無防備だぞ」

「愛犬がいるから平気でーす。一人で帰れるから、だいじょーぶ」

「今は隣にいないだろ。それに、こんな風だと唇だって簡単に奪えるぞ」

「ふふふ、ブレイク変なの。しようとする人はいないもの。平気――」

彼の腕に手を置いて見上げ、ふにゃりと笑いかけた。

だが『平気よ』と答えようとした時、手が顎に触れ、持ち上げられ目の前が真っ暗になっていた。

「ん、ぅ?」

吸いつくような柔らかさに、ブレイクの唇が自分の口を覆っているのだと気付く。

(なんか……柔らかくて、気持ちいい……)

されている行為がよく理解できず、口を寄せた。

吐息を一瞬詰めたブレイクが、素早く唇を重ね直してきた。

酒場から聞こえる鈍い賑《にぎ》わいの中、夜の通りで二人の唇が少しの間触れ合っていた。

ちゅっと音を立て、ゆっくりと彼の唇が離れていく。それをリディアはぼうっと見つめた。

「――君が無防備なのが、悪い」

見下ろす彼の獣みたいな目に、自分が映っている。彼のアメシストがゆらゆらと揺れている。

「ほら。簡単にキスができてしまった」

「ふふっ、証明したわけ？」

「はぁ……明日には覚えていないとかいうパターンなんだろうな」

でも、と彼の眼差しが不意に真剣味を帯びる。

ブレイクが引き寄せた。抵抗もできない彼女の身体は、呆気《あっけ》なく彼の腕の中に収まった。

「そうさせるつもりはないからな。忘れられないようにしてやる」

「何を？」

「我慢できないくらいの可愛い顔を見せて、声を聞かせて僕を煽《あお》った責任を取れ」

彼の顔が素早く迫った。噛みつくみたいにキスをされる。

「――僕を意識してくれ、リディア」

唇を重ね直す合間に、ブレイクのかすれた声がした。

塞《ふさ》いできた彼の唇は、勢いに反してひどく優しかった。

艶《なま》めかしく吸い立てて、互いの温《ぬく》もりを分け合うみたいに触れ合う。そしてこうしろとリディアに無言で訴えてくるみたいに、ぬるりと奥まで触れてきた。

夜の道にひっそりと停まった黒塗り馬車。そこまで数メートルの距離で、しばらく二人の影と喘《あえ》ぐような白い吐息が重なっていた。

七章　予想外なことが色々と待っていました

翌日、リディアは頭痛にがんがん悩まされながら遅く起床した。

（……何かあったような気がするんだけど、よく思い出せないわ）

ブレイクが迎えに来たことは覚えているのだが、それを思い返そうにも頭ががんがんして邪魔し、今は考えるのも無理そうだった。

リビングで顔を合わせた休日のフィッシャー達一家も、送り届けられた際の様子についてはにやにやしているばかりで教えてはこない。

仮婚約者なので、送り届けたのは当然と思っているのかもしれない――。

（うっ、頭が痛い）

少し考えただけでこれだ。よろりとリビングの椅子《いす》に座り込む。

いつものように甘えてそばをくっつき歩いていたフレデリックが、ギョッとした。

「わふっ？　くぅん」

「ああ、あなたが悪いわけじゃないのよ。大丈夫よ」

心配そうに身体《からだ》を伸ばしてきたフレデリックの頭を撫《な》でた。

（うん、今考えるのはやめましょう）

せっかく迎えた休日だ。頭の中もゆったりさせていよう。

仕事ばかりで余暇を楽しむことがなかったので、友人と楽しんだようで何よりだとフィッシャーも喜んでいた。その際に手渡されたのは、朝にエメネ家の使者から届けられたという手紙だ。

そこにはエメネ伯爵から【昨夜は娘が申し訳なかった】という言葉が書かれており、二日酔いに効く薬も同封されていた。

「いい友人ができたようでよかったな。エメネ伯爵って、あれだろ、歴史は浅いけどかなりの事業家でも知られてる」

「そうなのね、フィルお兄様。私、ちょっと休んでくるわ」

リディアは有難く薬を飲んだのち、一度フレデリックと自室に戻って仮眠を取った。

一時間ほど休んだら、頭痛もどうにか七割くらいは引いていた。

(私が頭痛するくらい飲むのも、久しぶりだわ)

まだずきんずきんと鈍く頭の中で鳴っている感覚はあったが、楽しみにしていたフレデリックのため、外出の支度をした。

フレデリックにまたがって一緒に外へ出た。

リディアはその背に優しく揺られながら、空気が以前より冷たくなったのか澄んでいる眩《まぶ》しい青空を仰ぐ。

そこにあった白い雲に、何か昨夜のことを思い出しそうな気がした。

「わん！」

「あ、ふふ、ごめんなさいね、今度は西の大通りを進んでみましょうか」

行き先を考える様子は微笑《ほほえ》ましいが、人々が距離を空けてざわめいていた。

「なんだ、あのブサイクっぽいデカい熊は……」

「噂《うわさ》の犬じゃね？　目が小さくてかわいいじゃん」

「犬って人乗せた？　ねぇ、乗せたっけ⁉」

初見の人の戸惑い、感想、考察も飛び交う。

つられたようにハット帽をかぶっていた若い男が、人々の注目の先に目を向け――二度見し、驚愕《きょうがく》の表情を浮かべ、行こうとしたリディアへ慌てて向かった。

「ちょっ、き、君！」

「はい？」

人混みから声をかけられて振り返る。彼は危うい足取りで、今にも転びそうになった。

「危ないですよ、学者様」

リディアは、領地を通っていく学者団の調査隊のマークが、彼のコートの胸ポケットのバッジについていることを確認してそう言った。

「だ、大丈夫だ。ところでっ、その犬は⁉」

「え？　この子ですか？　私の愛犬ですよ」

「やけに大きくないかな？　犬にしては変なところがあるとか、普通の犬と違っているぞと感じることはあったりするかい!?」

リディアは、これまでのフレデリックとのことを振り返る。

「いいえ？　拾って、ちょっと大きめになった普通の犬ですわ」

町の人達が「ちょっと大きめ」と繰り返した。

「そ、そうか。俺《おれ》の勘違いかもしれない。急に呼び止めてすまなかったね、それでは」

リディアは、時計で時刻を見てハッと走っていった男の背中を、しばし目で追いかけていた。

「忙《せわ》しない人だったわねぇ」

「わん」

「そうだな、たしかに忙しない。ところで今のは誰《だれ》だ？」

不意に、肩にぽんっと手を置かれた。

「きゃあああ!?」

耳へ降ってきた美声で、背中がぞくぞくっと甘く震えた。それで誰だか察し、リディアは恥ずかしさを隠した怒り顔でそこを振り返った。

「なんでここにいるのよ！」

いつの間に現れたのか、フレデリックのそばに私服のブレイクが立っていた。黒のコートをお洒落《しゃれ》に着込んでいるし、何か社交の予定でもあったのだろうか。

するとと目を合わせた途端にブレイクがむっとする。

「僕がいたら、だめなのか？」

「だめじゃないけど。その、休日に会うなんて珍しすぎるし。その、予想外というか、急だったからびっくりしちゃって」

「それは……まぁ、そうだな。……僕も外に出た自分に驚いている」

「はい？」

とすると、彼は散策で外に出ただけなのか。

「そういう気分になる時はあるわよね。気分転換したくなったり——あ、昨日は迎えに来てくれてありがとう」

ブレイクが分かりやすいくらい固まった。リディアは苦笑してみせる。

「実は二日酔いがちょっとひどくて、記憶が曖昧《あいまい》なのよね」

彼が視線をそらし、顔の下を物憂《ものう》げに覆う。

「……そうか、やはり覚えていないパターンか……」

「頭痛が治まったら思い出すかも。その時に、かけちゃった迷惑分も改めてまとめて清算してお礼をするわね」

彼の反応からして、何かしでかしてしまったらしい。

「いや、思い出したらどうしようとか僕もまだ考えていないわけだが……」

「はい？」

「そうだ、時間があるならフレデリックの散歩に少し同行しても構わないだろうか」

そんな提案を彼の方からされて、驚く。

「ええ、別にいいけど……あなた他《ほか》の予定は大丈夫なの？」

「言っただろう、僕も予定していなかった外出だった。することは他にない」

やはり散策だったらしいとリディアは納得する。

ブレイクが「昨日ぶりだ」などと言って、フレデリックの頭をわしゃわしゃと撫でた。少し前まで、犬のために早退するのが理解できないと睨《にら》んできた男とは思えない。

「まぁ、フレデリックもいいみたいだから、私は構わないけど……」

彼も同行することを考えると、少し残念に思った。

けれど仕方ないかと考え、納得してフレデリックの背から降りる。

「何をしているんだ？」

「あなたが歩くのに、私だけ乗っていたらさすがに失礼でしょ？」

そう告げたら、なぜだかブレイクが目を少し見開き、それから小さく噴き出して「そうか」と言った。

リディアは恥ずかしさを隠すため、わざと顰《しか》め面をして歩いた。

以前と違って、リディアは彼を一人の紳士として意識している。彼のことを考えて、気遣って今の行動に出た。

笑われたのに、少し前みたいに怒る気持ちは湧《わ》いてこない。

（……今なら、なんでも許せてしまいそうだわ）

たとえば、パーティーで急に噛《か》んできたこと。それから、これまであった失礼な態度も全部だ。

事情を知れば、どれも仕方のないことだったとは実感できた。

ブレイクがどう考え、今の人生を歩んできたかを知ったら見方が変わってしまった。

彼は、意地悪だけど誰よりも誠実で、根は真面目《まじめ》なんだ、と。

（別に、彼の色気にあてられたせいじゃないんだからね）

エミリンドに突撃された際に駆けつけてくれて、それから見事なダンスを見せた彼を思い返して、なぜか少し熱くなってしまった耳を指でつまんだ。

週末の休みは、フレデリックと見たことがない場所へ足を運ぶのが日課になっている。

話し合っていた通り西の大通りを進んでいくと、立派な芸術館があった。

「まぁ、こんなところにあったのね。さすがは元大聖堂跡地だわ」

「なんだ、まだヴィレッツァ芸術館には来たことがなかったのか？」

「ここ、会員制でしょ？　一般開放の限定日の入場料だって、観劇のチケットが何枚買えると思ってるのよ」

ブレイクが、共に歩きながら顎《あご》に手をあてて考える。

「僕が入場券を買うと言ったら？」

「そんな贅沢《ぜいたく》はしません」

リディアはぴしゃりと告げた。

「それならハリッシュを買ってくれた方が嬉《うれ》しいわ。美味《おい》しいし、食べていると幸せな気持ちになるし、お腹《なか》もいっぱいになるし、フレデリックが食べられるように味つけもしてくれるの」

「わん！」

自分も好き、と言わんばかりにフレデリックが笑顔で頭を上げる。

ブレイクが「ぶっ」と小さく噴き出した。

「君らしいな。そうか、なら奢《おご》ろうか？」

「何か企《たくら》んでるの？　あとが怖いんだけど……」

「企みなんてない。君が小腹を空かしているのなら、僕も一緒に食べたいなと思っただけだ。昨日、相当酔っていたから朝はあまり食べられていないんだろう？」

図星で、リディアは言葉が詰まった。

小腹が空いていたから、つい咄嗟《とっさ》に比較対象でハリッシュが口を出てしまったのだ。今になって気付き、少し恥ずかしくなる。

「……その、ブレイクが何かつまみたいというのなら、付き合うわ」

彼が、今度は手で隠すのも間に合わずに笑った。

「君も、素直じゃないんだな」

自覚があるのね、なんてリディアは言えなかった。

さっき噴き出しただけでも珍しいのに、くすくす笑っているブレイクは素直な感じが出ていた。それで色っぽさまであってなんだか落ち着かなくなった。

というわけで、急きょ寄り道することが決定して屋台を探した。

人の言葉も分かっているフレデリックが『自分が！』『見つけます！』と、何度もジャンプして主張してきて、リディアとブレイクは彼のあとをついて歩くことにした。

並んで歩いている間、そんなフレデリックのことを話した。

人混みの中でも声が聞こえるように自然と頭を寄せ合っていて、それに気付いた時リディアはなんだか恥じらいを覚えた。

(変なの)

自分のことなのに、よく分からなくて首を捻《ひね》った。

見つけた屋台のハリッシュは、肉を専門的に扱っているようだ。

どんな料理でも好きに組み合わせられる創作性がハリッシュのウリで、屋台によってメニューの半分は他にないものなのも名物だ。

「わんちゃん用に焼いて欲しい？　もちろんいいよ！　任せな！」

気のいい獣人族の店主は、そう言ってフレデリック用にお肉も増量して作ってくれた。

二人と一頭、近くにあったベンチで一休みしてハリッシュを食べた。

リディアは、ブレイクとベンチに腰を下ろしていた。その前でフレデリックが、屋台から貸された皿に置いて、ハリッシュを美味しそうに食べている。

「ふふっ、見て。あんな大きなハリッシュ初めて見たわ」

「確かに、俺も初めて見た。食べ応《ごた》えはありそうだよな」

「まさか本気で食べるつもりで言ったの？」

「そうだが？」

意外と食事量は多い人のようだ。細身なのに意外だと言ってリディアが笑ったら、ブレイクも思わずつられた様子で笑い返してきた。

休日、彼と外で笑い合っているのが不思議だった。

この空気感を壊したくないと思って、リディアは優しい気持ちでブレイクを見ていた。彼の意外な一面は、なんだか彼女を離れがたくさせる。

「食後の散歩はどう？」

頭痛も気にならない程度には引いていたので、散策の延長を提案してリディアはそう彼に告げた。

　立ち上がったブレイクは、屋台に返そうとしていた皿を持ったまま、しばしぽかんとした顔で固まっていた。

「ブレイク？」

「わ、分かった。君と、それからフレデリックも構わないのなら、ぜひ」

　急いで彼が皿を返しに行った。

　犬のことも考えてくれるなんて貴重な〝紳士〟ではないかとリディアは思って、その後ろ姿にこっそり笑ってしまった。

　午前中いっぱいを彼と過ごした。

　今日のブレイクは、よく笑みを見せた。観光案内のように語っている時、その横顔から唇に笑みが浮かんでいるのがリディアからも見えた。

　フレデリックも、体力がある彼に付き合ってもらって楽しそうだった。

　リディアが足を休めていると、フレデリックはブレイクにクッキーを投げてもらって遊んでいた。

「あら、いけない。そろそろ戻らないと」

　時間があっという間に感じた。フィッシャー達と遅めの昼食を一緒にとると約束していた時刻が近付いていた。

「そうか。ついでだから送りたいが、……いいか？」

「ええ、もちろんよ」

いつもなら意見なんてうかがわないのに、と思いつつ笑顔で了承した。

ブレイクが屋敷の前まで送ってくれることになった。

戻る道のりもまた一緒に歩く。王都のことを彼から聞いていて、気付いたら屋敷の前まで辿《たど》り着いていた。

「そうやって笑うと、全然いいと思うわ」

一緒にいることが心地よかった。この時間が終わるのがもったいない気がして、振り返った際にそんな言葉が自然とリディアの口から出ていた。

ブレイクが、顔の下を覆うようにゆっくり手で撫でた。

「抱えている事情も分かるけど、プライベートくらい、表情を柔らかくしていたって誰も怒らないわ」

彼が昔からの事情と、六年前の求婚痣《あざ》の件で気を張り続けているのか気になった。

「いや、これは……たぶんだが……」

彼が難しい表情で考え込む。フレデリックがお座りして首を傾《かし》げ見守っていた。

「……こういう男なら、いいだろうか」

「え？」

ややあって、彼が顔を上げて唐突にそんなことを言った。どういうことだろうと思って見つめていると、ブレイクがリディアの翡翠《ひすい》の目を覗《のぞ》き込んでくる。

「今日の僕であれば、君もいいと思うのか？」

「まぁそうね。無理をして気を張られているより、自然体の方が素敵だと思うわ」

素敵、と聞いた途端に彼がぴくんっと反応した。

「ブレイク？　――え？」

彼に両手をすくい取られた。二人の間で時間をかけて優しく包み込みながら、彼は真剣な目で見つめてくる。

「君に――正式に、婚約を申し込んでもいいか？」

それは、リディアが想定してもいなかった言葉だった。

彼女は愛犬が見ている前で、人生で初めてのプロポーズに固まったのだった。

◆

（いったい、どういうことなの？）

リディアは、遅めの昼食の用意がされ始めている食卓に座って困惑していた。

思わず彼にフレデリックを突撃させ、屋敷に逃げ込んでしまった。

もしかしてこれまでのお菓子は、差し入れではなくプレゼントだったのだろうか？

好意からの可能性をようやく想像し、リディアの動揺が加速した。

「それで、どうだった？　愛犬との散歩は」

食卓にやってきたフィッシャーに尋ねられ、リディアは斜め向かいに座った彼に、色々とまた新しい場所を見られて楽しかったと当たり障《さわ》りなく答えた。

偶然ブレイクと会いました、とはなんとなく言えない空気だった。

(だって……まるでデートみたいじゃない？)

思い返し、不意に心臓がばっくんとはねた。

ブレイクが『正式に婚約しないか』なんてことを提案してきたせいだ。

あの言葉は、一般的な人族のものに置き換えて考えると、まさに〝求婚〟だ。結婚を申し込まれたら誰でも驚く。

「ブレイク殿とは――」

「ふぁ!?　ブレイク!?」

自分のもとに回ってきたフレデリックを撫でたフィッシャーが、同じく驚いた声を上げた。

「うおぅ!?　ど、どうしたんだね？」

「いえっ、なんでも……それで、ブレイクがなんですか？」

「普通なら、仮婚約者とは休日に交流するものなんだ。昨夜は彼も仮婚約者として迎えに行ってくれたようだし、いつ交流会を入れるのだろうとナンシーとも話していてねぇ」

デートなら、まぁ、休日に入れるだろうなとリディアも思った。

さっきのいい空気を思い返すと、交流会とやらはもうデートにしか思えなくて困った。

「昨夜顔を合わせた際に、ブレイク殿からはとくに何も聞かれなかったんだが、リディアは送られた際に外出の予定なんかは組まなかったのかい？」

「そ、そうね、とくに約束はしなかったわ」

たぶん、とリディアは大急ぎで記憶を探りながら答えた。

「少し前に夜会に出たきりだろう。もし社交以外での交流会を持つ予定なら、我々に気を遣わなくていいんだよ？　フレデリックなら私の方でも見られるし――」

「あっ、あああぁぁ！」

その時、リディアは食卓に両手をついて立ち上がった。

――思い出した。

わなわなと震えている彼女に、フレデリックも間が抜けた顔を向けて固まっているし、フィッシャーも大変驚いた表情だった。

「どうしたね？　リディア。いきなり叫ばれるとおじさんは心臓が止まりそうになるよ」

「ご、ごめんなさい、衝撃が強すぎて………私、ブレイクにキスされたんだったわ」

フィッシャーが口を「は」という形にして固まった。

「なんだって？」

「私、昨日の夜、彼が迎えに来た時にキスされたの。今、思い出したわ」

しかも引っ張り出すことに成功したその記憶が正しいのなら、彼は、とんでもないキスをリディアにした。

酒で火照《ほて》って痺《しび》れた舌で受けた感触は、覚えている。

到底あの彼とは思えない深いキスで——そう考えたところで、リディアの羞恥《しゅうち》は限界を超え、首から耳まで見事に真《ま》っ赤《か》になった。

「えええぇっ、嘘《うそ》、じゃあさっきの本当に求婚……!?」

リディアは頭を抱えてその場にしゃがみ込んだ。

ブレイクの言葉が理解できなかったわけではないが、しかし、やはり彼が口にするとは思っていなかった台詞《セリフ》だったから混乱している。

何やら一人で騒がしくなった彼女を、フィッシャーはフレデリックと一緒に眺めていた。

「……リディアや、そもそもどうしてキスを忘れるんだい？」

すると、騒がしさを聞いてフィルも食卓に顔を出した。フィッシャーが息子に話すと、彼はフレデリックを撫でつつ「へぇ、意外」と言った。

「向こうのおじさんとおばさんも心配していたけど、リディアってそういう女の子っぽいことで悩む日なんて、来ないと思ってた」

「お前は失礼すぎるぞ。でも、まぁ……一理ある」

息子に同意しつつ、フィッシャーが首を捻りながら「まぁでも」と言った。

「うまくいっているようだ、何よりだ」

何もうまくいっていない。

険悪な関係が改善されて和解したかと思ったら、ここにきて大問題が起こったのだ。

リディアは〝事故〟の仮婚約だったのに、なぜかブレイクにこのまま婚約へ進めてしまおうと提案され、求婚されてしまったのである。

（な、なんで？　どうしてそうなるのっ？）

わけが分からない。

ファースト・キスを奪われたことにまずは怒るべきだろう。

しかし、文句のつけどころがないキスだった――とリディアは自分の胸がどきどきし続けているのも問題だと思った。

◆

そして迎えた週明け、平日の訪れと共にリディアは緊張の思いで出勤することになった。

（あぁぁ、フレデリックがいなくなったら途端に心もとなくてたまらなくなるわ……！）

ブレイクと、合わせる顔がない。

心臓がどくどくと脈動し続けている。こんな風に緊張するのも初めてだった。リディアは公爵邸までの道のりを歩きながら、考える。

好きか嫌いかと聞かれたら、嫌いではない。怒ってもいない。

しかし、このまま婚約していいのか自分の気持ちを分かっていない状態だ。

(混乱して、眩暈《めまい》がしそう)

当初はブレイクに嫌われていると思っていた。

最近、会話が成立するようになったのはパーティー噛みつき事件の一方的な毛嫌いから、同僚としての信頼関係くらいは生まれたのかな、としか——。

(彼と結婚するの？　私が？)

求婚に発展するなんて、誰が想像できただろうか。

——時間が欲しい。

考えるほど困惑が極まって、リディアは結局昨夜と同じ結果になって思考がそこから進まないまま、出勤を果たすことになった。

執務室の扉を開けたら、窓のそばでジルベリックと話しているブレイクがいた。

彼が気付いて振り返ってきた途端、目が合った瞬間にリディアは覚えているキスの光景の一部を彼に重ねて、みるみるうちに赤くなった。

そんな彼女を見て、ブレイクも何やら察知したみたいに不自然に固まった。

（あ。これは気付かれた）

思い出したと、ブレイクにバレてしまった。

すると、彼のそばからジルベリックが不思議がりつつ手を振ってきた。

「おはよう、リディア。早速だが君にも話しておきたいことがある」

そう言われて手招きされる。慌てて自分の机に荷物を置き、ジルベリックがいる団長の執務机の前に立った。

「ど、どうかされたんですか？」

「今回はうちの空いているメンバーは総動員だ。蛇公爵様が直々《じきじき》に指名し、君も加わることになった」

別の団体に協力することが週末に決まったらしい。

今日から三日間、ヴィレッツァ芸術館で国宝の絵や芸術品が集まる大きな芸術イベントが行われる。

その二日目の明日、大目玉である一日限りの国宝絵画も七点展示されるという。

念には念を入れて主催側も運営責任者側も警備協力を募集しているそうで、週末の社交でジークが自身の自警騎士団も貸すと返事したようだ。

つまり明日、ビルスネイク自警騎士団はそこで仕事をする。

早くからミーティングを行って、そのまま出発するそうだ。一時間早めに出仕して欲しいと言われ、リディアも「了解です」と答えた。

「ところで、お前ら少しぎこちなくないか？」

了承の確認を取ったところで、ジルベリックが説明しながら感じていたらしいことを尋ねた。

リディアはぎくっと肩がはね、隣を見られないまま「何も」と不自然なくらい素早く答えていた。ブレイクも、小さく咳払《せきばら》いをして回答を揃《そろ》えた。

——キスを思い出して、顔が熱い。

今は『どうしてキスなんてしたの？』なんて、もう思わない。

婚約者の候補ではなくて、そこから先に進めたいとブレイクは思って、そしてリディアにキスをしたのだ。

（婚約を、申し込まれたんだわ）

ブレイクの隣から離れ、自分の仕事の席に向かいながら心臓がどっどっとはねている。

（明日の仕事はブレイクとも同じ任務にあたるから……それまでにはどうにか普通に接せられるようにしなくちゃ）

彼も求婚のことを口にする気はないようだ。その様子を見る限り、リディアと同じくひとまず明日の大きな仕事に支障がないよう考えているのだろうと思えた。

そして翌日。

朝早くから打ち合わせを行い、蛇公爵と護衛班の出発から間もなく、ビルスネイク自警騎士団の出張班も専用馬車で出発した。

正式名称、国立ヴィレッツァ芸術館。

煌《きら》びやかなハブジェリック時代の名残《なごり》である建築様式で、芸術がさらに詰め込まれて三階建てとして増改築され、上流階級のための芸術館となっている。

そこに集まったのは、名のある学会関係者や国宝を所持している出品組織、そして高いチケット代を悠々と払えた貴族の観覧客達だ。

「はぁー……すごいわ」

リディアも動きやすい軽めのドレスで、一般参観の人達に紛れていた。

とても大きなイベントだ。全フロアが開放され、一階の赤と金の内壁模様から、支柱や手すりに至るまで荘厳な建築芸術品という印象がある。

集まった大勢の人族や獣人族は、見るからに品を漂わせていた。

館内では学者達が、それぞれの出品物について直々に解説をしている。最上階では滅多にない所有者と専門学者による講演の機会も用意されており、名門学会に所属している博士の卵達が行き交う姿も見られた。

一階の構造は複雑ではなく、メインフロアを基点として四つのフロアがあった。

警備として、王都警備部隊員達が壁際に配置されているのが見えた。ビルスネイク自警騎士団は半数が観覧者側に紛れ、残る騎士達はジルベリックやブレイクと警備側に入っている。

他にも治安部隊や個人の警備組織なども参入しているらしい。運営側や、最上階での講演会の進行協力、といったことに回っている者達だって多くいるだろう。

(別場所でよかった……)

一階に姿が見えない人を思って、リディアはひっそりと息をもらす。

リディアは、ブレイクからの告白をものすごく気にしていた。

この任務を告げられた昨日も、何食わぬ顔でいようと思ったのに、彼と仕事のやりとりをする時はぎこちなかった。

彼も、普段の態度を完璧にこなせないくらい意識している様子がうかがえた。

(キスを、気にしているのかしら。私と同じくらいに?)

彼女は集中が欠けて、考えてしまう。

そもそも、なぜ、こんなにも胸がどきどきするのだろう。

今の自分に、ふと疑問が湧いた。一人になっても彼の姿ばかりが脳裏に蘇《よみがえ》ってきて、こうして離れても、ちっとも落ち着く気配がないなんて――。

「リディアさん、どう?」

その時、ブラウンのスーツの男性がハット帽の位置を整えながら声をかけてきた。

「私の方は何も問題なしです」

一般客を装ったナイアックだった。リディアは驚きをすぐ引っ込めて、会場内の賑やかさに声を紛れさせてそう答えた。

「王都警備部隊も私服で紛れてくれているみたいだ。第二フロアで一部硬い動きをしちゃっている新人達がいるけど、それは不審者じゃないからよろしくと伝えられた」

「ありがとうございます」

「それじゃ、またあとで」

絵画を眺めているふりをして、そう言葉をひっそりと交わして別れる。

仲間の位置が見えない距離まではいかない。その注意事項を念頭に置いて、リディアは大きな広間内を観覧客の一人として紛れて歩いた。

十分な警備と、大勢の関係者と観覧者。

関係者と観覧者の中にも、同じく私服の警備が紛れ込んでいる。

リディアには、やはり何度見ても見分けがつかなかった。軍人同士だと分かる仕草や空気感でもあったりするのだろうか。

（芸術品を移動するのにも、相当な厳重体制がいるものね）

今日のイベントには、国宝も一時的に移動され展示されている。

国軍の他にも、協力を要請されたところがチームを派遣して運営まで手伝ってくれているとは、ジルベリックから朝に共有されていた。

その『宝物』が運び出されるまでは、搬入した護衛チームも同建物内に滞在している。

お忍びで王族も見にきているらしいと、フロアが少し興奮度を上げることはあった。

けれど、これといって大きなミスもないまま観覧時間は過ぎていく。

そして正午より少し早い時間、リディア達は一人ずつ交代で休憩に入って関係者控えで軽食をとった。他の警備班も使っているので分刻みの利用だ。

「文官まで参加しているんだね。頑張って」

「文官というか……まぁ、似たような区分、でしょうか？」

「俺、このあと館内説明に紛れ込むんです。得意なので嬉しいです」

相席だったので、手早くとる軽食時間も充実感があった。

（よしっ、後半も頑張ろう！）

ビルスネイク自警騎士団は、午前中には休憩を終わらせる日程が組まれていた。正午前には全員が仕事に戻っている状態だ。

関係者の昼休憩などが一部重なって、警備が手薄になってしまうことを想定して念のためそう時間設定がされた。

午前十一時半、最上階では講演が行われているせいか、一階も展示品や向こうの風景が見えるくらいには少し落ち着きが出てきた。

（第四フロアも問題なし、と）

リディアは、先輩の騎士達の姿を確認しつつメインフロアへと戻るため歩く。

その時、その方向から話をしている賑やかさとは違うざわめきを感じた。

「えっ、何？」

思わず、観覧者に紛れていることも忘れて走った。

戸惑いの声が聞こえてくるメインフロアへと駆け込む。リディアもすぐ異変に気付いて、すぐそこにあった二階へと上がる階段をみんなと注視した。

階段を、何やら、雲みたいな白い煙が下ってくる。

「……ねぇ、これってもしかして、煙幕……？」

メインフロアの係員も唖然《あぜん》として見つめている。リディアも上階からの静かなその異変を、同じく何が起こっているのか分からないまま見つめてしまっていて――。

次の瞬間、階段の上から、そして自分達がいる階でも複数の爆音を聞いた。

一気に視界が白くなってしまった。前が見えない。思いっきり吸い込んだら咳《せ》き込んで苦しい。

「どうなっている！」

「隊長っ、謎の煙ののち、各階で煙幕を起動されているみたいです！」

周りが火でもついたみたいに騒がしくなる。

悲鳴に紛れて、煙幕の中でも動く軍人達の気配がした。持ち出されたので追え、という怒声も聞こえる。

(何か、盗まれたの?)

リディアの心臓が、緊張でどっくんと強く鼓動する。

周囲から聞こえてくる怒涛《どとう》の混乱を拾うに、それは一点、二点という規模ではないと察せた。

袖で口元を覆って駆け出した。

爆発時よりも煙はやや濃度が落ちていて、薄っすらと現場の混乱が浮かび始めた。慌てふためく関係者が展示台前の段差に引っかかって、慌てて学者らしく男が支えていた。

「す、すまない、ありがとう。夜目が利かないタイプなんだ」

獣人族の種族のことを言っているのだろう。

(大変だわ。かなり場が混乱してる)

どうにかしなければと思った時だった。リディアは、煙の中から真っすぐ駆けてくる人影を複数見つけてハッとする。

「リディアさんっ、無事でよかったっ」

それはナイアック達だった。

彼は合流するなり、嗅覚《きゅうかく》をだめにする対獣人族向けの成分が含まれた煙が先に放たれたようで、探せなかったらと思って心配したと話した。

「いえっ、私のことよりこの騒ぎですっ」

とりあえず外へ、とナイアックに促されて一階のメンバーで一緒に建物の外を目指した。

「飛び交っている声の通り、盗み出されたみたいだ。しかも結構な数を、同時に」

二階を担当していた王都警備部隊の一つの班が、展示品がなくなっていることを確認して強盗ルートを辿り、隊長の号令で窓の外に飛び出したとか。

そのことからも、すでに犯人達には逃走されているのは間違いない。

「計画的な犯行だよ。建物の周囲から全方角に向けての車輪の音を聞いている。警備の組織数以上に分かれていると思う」

起こったばかりで、何方向からどれくらい一気に盗みに動かれたのかもまだ分かっていない。

それぞれの警備チームも連携を取る暇がないので、指令は統一されないだろう。

「それでも僕らが取る方法は一つだ。――逃走されたのなら、追って捕まえてしまえばいい」

移動している芸術品を、止める。

出入り口に近い班なのでそこに加わる方が最善だ。経験の長い班長ナイアックの迅速な判断に、騎士達も蛇公爵と団長達ならそうすると確信しているようだ。

「その逃走車は、今まさにここを中心に王都の外に向けて走っているわけね？」

「まだあくまで推測の範囲内だが、この〝音〟を聞く限り、そうだと思う」

獣人族のいい聴覚で拾えているのなら、たしかなのだろう。

建物の出入り口も、煙幕から逃れ出ようとする人々でごった返していた。

建物の外の警備員達が突入したりと騒がしい。そのまま外に飛び出したリディアは、外にできていた野次馬の輪から飛び出してきたフレデリックに驚いた。

「わんっ！」

「フレデリック！　危機を察知して来てくれたの⁉」

大きな犬だと騒ぎが二割増で増えた気がしたが、今はそんなことはいい。リディアはフレデリックを強く抱き締めた。

フレデリックは『もちろん』という感じで「ふふんっ」と誇らしげだ。

ナイアックが「利口すぎですね！」とツッコミしていた。

「というか、ペット預かり所から抜け出してきたのか⁉」

「わん！」

ナイアックに答えたフレデリックが、続いて前足を浮かせて何かを押し開ける仕草をした。

「よかった、扉は壊さずに来たのね。賠償問題になるところだったわ」

「リディアさん、そっちじゃない！」

「待ってて、彼が匂《にお》いを追えると言っています！」

一人の騎士が、フレデリックに駆け寄る。

「はあああああ!?」

驚くリディアのそばから、ナイアック達が大絶叫を響かせた。

「嘘だろっ、獣の嗅覚を奪う薬剤が空気中に漂って、垂れ流し状態なんだぞ!?」

「そんなこと今はいいわっ、素敵！　あなた犬の言葉が分かるの!?」

「犬種なので、なんとなく言いたいことを察知できます！」

「あとでそのことについてはゆっくり話しましょう！」

リディア達が見守る中、その騎士がフレデリックと目線を合わせて何度か頷《うなず》いた。

間もなく彼が、フレデリックと共に目を向けてくる。

「逃走は複数方向だと伝えています。全方向の音と、匂いは感知しているようです」

「なんだその犬！　実はハイパー犬なのか!?」

「誰も追っていない方向が三つありますが、うち二つは治安部隊か王都警備部隊か、巡回中のチームが鉢合わせるのが彼の予想だそうです」

「でかした！　でも怖い！　その顔とボディから想像がつかんくらい優秀だぞ！」

「だから、私の愛犬は賢いんだって言ったでしょ」

そこでリディア達は、残る一つの逃走車を追うことになった。

リディアは、案内すると騎士伝てに言ったフレデリックにまたがった。ナイアック達は追加で駆けつけた王都警備部隊員達が残していた軍馬を借り、そこに居合わせた警備の男達にも騎馬で応援に加わるよう指示した。

ナイアックからゴー・サインが出るなり、フレデリックが一気に駆け出した。

野次馬達が驚いて道を空け、そこをナイアック達の騎馬班が続々と駆け抜けた。

「軍犬に欲しがられそうだなっ」

「あ、待ってください。『あなた方は走った方が早いのに、なぜ馬で後ろを?』とフレデリックが言っています」

「お前の翻訳ほんと怖い！　何その犬⁉」

リディアは、建物の屋根を飛んで走っていく軍人の影が一瞬見えた。

「……ねぇ、獣人族って」

「言っておくけど全員じゃないよ。戦闘にどれだけ特化しているかでも変わる」

「ちなみに俺は団長や副団長みたいにあんな芸当は無理！　だから一階担当だった！」

そういう事情面も配置に関わっていたらしい。

景色《けしき》が、ものすごい速さで過ぎていく。軍馬に引けを取らない大きな犬の疾走を、町の人達が驚いて道を空けつつ見ていった。

(――なんだか懐かしい)

リディアは、場違いにも領地で移動していたことを思い出した。

土砂崩れがあったと聞いた時も、先に行っているからと父達に言って村人の身を案じ、こうして風のようにフレデリックと向かったものだ。

「団長と副団長がどこなのか分からないのは痛いなっ」

「鼻が利かないんだから仕方がないよ。今、位置関係が分かるのはリディアさんの愛犬くらいじゃないか？」

そういうことも嗅覚で確認していたらしい。

他の場所でも、逃走車を止めている騒ぎが起こっているようだ。散歩していた時には感じなかった騒々しさが聞こえてきて、リディアは心配になってあたりに目を配った。

すると建物の向こうに飛んでいる、二台の馬車が見えた。

「……あの、ありえない光景が見えるんだけど」

とはいえ一回は見た覚えがある光景ではあった。

「おー、どっかの部隊が止めてんのか」

「蛇公爵様も会場にはいたし、案外現場に飛び込んでいらしているかもな」

ナイアック達や、同行している警備の男達の反応からするに獣人族が大勢いるこの王都では珍しくない光景のようだ。

ブレイクが暴れた時のことを思い返すと、リディアもあり得ることは理解できた。

「わんっ！」

フレデリックが、一際大きな声で吠《ほ》えた。

リディアは、ハッと正面へ顔を向けた。身軽そうに猛スピードで走る三台の馬車を見つけ、翡翠の目を見開く。

「そっかっ、数を分けていれば速く逃げられるものね……！」

一台だと思っていたら、一つの逃走ルートを走っていた複数の早馬の馬車だったようだ。

「よくやったフレデリック！　君達、行くぞ！」

「了解です、ナイアック班長！」

「リディアさんは、無茶して突っ込もうとしないようにっ！」

軍馬をぐんっと走らせ、ナイアック達が横を通り過ぎていく。警備の男達も「行け行け！」と馬を加速させた。

走る馬からナイアック達が腰を上げた。リディアが「あっ」と悲鳴を飲み込んだ時、彼らは躊躇《ちゅうちょ》せず手綱《たづな》を離し、馬車に向かって跳んだ。

「中身を傷つけるなよ！」

「分かってる！　行くぞ！　そーれっ――」

「ふんっ！」

ナイアックと二人の騎士が、一台の馬車に息を合わせて飛び蹴りを入れた。

その瞬間、馬車が走行方向から弾《はじ》かれた。それを、同じく馬から飛び降りた警備の男達が両手を突き出して身構え、横滑りしてきたその馬車を〝受け止め〟て停止させた。

（なんて無茶苦茶な……）

誰も腰の剣にも警棒にも一切触れなかった。リディアがぽかんとしている間にも素手で三台の馬車を止め、強盗犯を引きずり出し、あっという間に縄でぐるぐる巻きにし始めていた。

「は、速いわ……」

犯人達が〝全速力で〟逃げる必要性が分かった気がした。

だが、ナイアック達が拘束《こうそく》作業している間に犯人達から話を聞き出して、場に再び強い緊張感が戻った。

貴重な目録や国宝などは分割で運ばれているのだが、その中で、芸術品とは別に贋物《にせもの》かどうか確認させるため学者達も誘拐したのだとか。

「なんてことを……！」

リディアは身を案じて悲鳴を上げた。

「ど、どの馬車なのかしらっ？」

「フレデリックに聞いてみましょうっ」

騎士の一人が駆ける。向こうで犯人を引きずって移動していた騎士が「また犬かよ！」と声を上げた。

「ふむふむ……ずっと高速で走り続けている妙な馬車は、一台だと言っています。ただ、車輪の音が他と違っているみたいです」

「見つからないように分けているのね」

「そうかもしれません。それから、他の〝同じ型の車輪〟はそれぞれ取り押さえられているところだ、と」

リディア達もほっとした。

警備の男達は、同時に「お～」とフレデリックに注目する。

「じゃあ、あとは学者様ね。行きましょう！」

ナイアックが現場に何人か残す指示をし、再びリディアはフレデリックにまたがって王都を駆けた。

残る一台の馬車は、どんな馬車なのか。

一般車に紛れているというし、ここはフレデリックに頼るしかない。

（途中で怪しまれないようにスピードを落とされたら、私達じゃ判断ができないわ――）

まさか人まで誘拐するとは思わなかった。

ああ、どうかご無事で――そう思った時だった。

「あっ、副団長だ！」

その声に、リディアの意識が引っ張られた。

ハッとしてナイアック達が見ている方角へ顔を向けた。そこには建物の屋根の縁を走っているブレイクの姿があった。

「お前達、先程のことはよくやった！　ご苦労！　何を慌てている⁉」

緊迫した空気を察知したのか、ブレイクが声を張り上げて確認してくる。

「実は――」

ナイアックが説明しだしてすぐ、緊急だと察したブレイクが屋根から飛び降りた。

リディアは悲鳴を上げた。地面がドゴッと音を立て、めり込んだのが見えた時には、彼がすでに駆けて向かってきていたところだった。

「そうか、学者が」

「何普通に会話をしているの⁉　あ、足は平気⁉」

「別に平気だが？」

並走したブレイクの目が、リディアからフレデリックへと向く。

「僕も今は嗅覚が利かない。お前だけが頼りだ」

じっと見つめられ、フレデリックが使命感を宿した目で「わん！」と力強く応《こた》えた。

「場所は分かるんだな？　おいディルグ、言っていることが分かるのなら、彼から方向を聞き出して欲しい。それを僕に教えてくれ」

「了解です！」

犬種だという例の騎士が軍馬を近付けて、フレデリックのそばに寄った。

「ふむ、ふむ、なるほど――副団長！　一時の方向です。フレデリックによるとその方角に馬車は三台、そのうち〝車輪が真新しい音〟に先程の建物の匂いを持った人間が乗っているみたいだ、とのことです」

「よしっ、いい子だフレデリック！　よくやった！」

ブレイクはフレデリックの頭をぐしゃっと撫でると「先に行く」と言って道をそれ、一時の方向に〝真っすぐ〟向かっていった。

つまり、道順も関係なく、建物を飛び越えていった。

リディアはそれをぽかんと見送った。だが間もなく、ハッと背筋が冷えた。

「待って！　彼、たしかアレよね、瞬間的にスイッチが……ば、馬車ごと殴りつけたりしないわよね⁉」

パッと見ると、残っていた一同から「あ」と声が上がった。

同行していた警備の男達の一部が、近道があると言い、先導役を代わった。

「あの蛇公爵のところの冷酷副団長様に追いつけるかは自信がありませんがっ」

「発見できればいいの！」

リディアは迷いのない声でそう答え、路地に突入したフレデリックの背から、続いてナイアック達を見た。

「その時には私を置いてでも、あなた達が全力でサポートして！」

「了解です！　補佐官殿！」

「任せてください！」

頼もしいと言わんばかりにナイアック達が声を揃えた。

警備の男達の騎馬が、一般住宅街の道を駆けていく。危険ですのでどいてくださいと声を張り上げ、猛進する。

すると不意に、建物の間を抜けた。

「あっ」

フレデリックがぐんっと顔を向けた。

リディアはその方向に、ブレイクの姿を見つけた。彼が見ている方向には――芸術館に停まっていても疑われなさそうな一台の黒塗り馬車が走行している。

それを見据えたブレイクの目が、冷酷な気配をまとった。ぐっと足を屈《かが》める。

まさか、とリディアが予期した次の瞬間、彼が地面をえぐって弾丸のように突進していた。

――古代大ワニの、狂暴性にスイッチが入ったのだ。

地面に衝撃を与えるほどの力。その爆風を受けて、周りにいた人達がよろけるのが見えた。

「ナイアックさん達っ、行って！」

同じく風に煽《あお》られながらリディアは叫んだ。その一声に彼らがハッと動き出し、軍馬を手放して獣人族の下肢の力で向かう。

ブレイクは馬車に接触すると――躊躇なく車体の下に両手を入れて、それを思いっきり上空へと吹き飛ばした。

「ああっ、また馬車が飛んだ！」

リディアは、フレデリックをそちらに向かわせつつ叫んだ。後ろから続く警備の男達と共に、その馬車の行方を目で追う。

「嘘でしょう!?　まだ学者様も中にいるのに……！」

ブレイクが地面を蹴り上げて、飛んだ。御者席にいた男を引きずり出し、扉に手を突っ込んで取っ払うと中からもう一人の大男を引っ張り出した。

犯人だろう。破壊対象、だ。

「ま、待って待って、学者様と、馬ーっ！」

リディアは、地上から思いっきり指摘した。

ひゅっと背筋が冷たくなった時、落下していく馬車に、ナイアック達が跳躍して追いつきそれぞれを確保した。

「特攻と敵の殲滅《せんめつ》は副団長の役目っ、フォローは俺らです！」

空中で迅速に救出した彼らが、地面を目指す。

「やるじゃないっ！」

リディアはほっとして涙がつい浮かんだ。フレデリックのもふもふの頭に「あなたもよくやったわねっ」と解決の喜びを確信して感動の声をかける。

――この数秒後、ブレイクが犯人を地面にそのままぶん投げたのには驚いたけれど。

容赦がない攻撃だった。しかし警備の男達が間に合って、数人がかりで二人を受け止めてくれていた。

二人の犯人はかなり怖かったようで、泣きながら「もうしませんから彼に近付けないで」とリディア達に訴えてきた。おかげで縄を巻くのは簡単だった。

飛んだ馬車が目印になったのか、ほどなくして王都警備部隊が合流した。

「はぁ……また、蛇公爵のところの副団長か」

以前見かけた人族の隊長が、口元を小さくひくつかせていた。

なんとも縁があるものだとリディアは思った。そんなことを思えたのも、安心して心配事なんてなくなってしまったせいだ。

犯人を連れてヴィレッツァ芸術館に向かうと、他の部隊の者達も始まりの場所に戻ってきていた。

そこには蛇公爵と、銀髪の同年齢くらいの美しい騎士の姿もあった。

「これで処理がしやすくなった」

蛇公爵が、にーっこりと笑いかけた。犯人達が蛇に睨まれたみたいに震え上がった。

「ジークっ、あなたの管轄じゃないでしょうっ」

「離せライル、俺はお前のせいでストレスが溜《た》まっている」

ジルベリックが慌てて駆けつけ、なだめながらその騎士と一緒になってジークを馬車に押し込んだのを、リディアは呆気《あっけ》に取られて他の者達と見守ってしまった。

事後処理は、王都警備部隊がとりまとめてくれることになったようだ。

対応にあたった各組織が、彼らに報告をしていく。

フレデリックは、事件の速《すみ》やかな解決に貢献してくれた名犬として、ペット預かり所に『脱走犯』という罪名を取り下げさせてくると、治安部隊が愉快な提案と共に知らせ役を引き受けた。

「すごかったわよ。一時はどうなることかと思ったけど」

指示が振られていく中、フレデリックを撫でて待機しているとブレイクがやってきた。声をかけて笑いかけると、彼も困ったように少し笑みを浮かべた。

「そうか、『すごい』か。切れると理性的な思考がなくなるのが厄介《やっかい》だが」

「でも着地した時にはいつものブレイクだったわ。それも努力の賜物《たまもの》よ」

「──ふっ、そうか。君とフレデリックも、なかなかいいコンビだったな」

「ええ、あなたともいいコンビネーションだったと思う」

なんだかこの会話が好きだと思えた。調子よく返したら、ブレイクが噴き出し、肩の力を抜いて「その通りだな」と言いながら笑った。

そんな彼を見た瞬間、リディアの心臓がドッとはねた。

一瞬にして、血流が全身を何十倍もの速さで駆け巡るみたいに体温が上がる。

(待って)

リディアは混乱した。

目の前にいるブレイクに、みるみるうちに自分の顔が熱くなっていくのを感じた。

(こんな時に、気付かされるものなの?)

歓喜で胸が熱く震えるのが分かった。ブレイクの自然体な笑顔を前に、嬉しい気持ちが胸から溢《あふ》れて止まらない。

ドッドッと鳴る自分の心臓の音が聞こえる。血が沸騰したみたいに、全身が熱い。

——好き。

気が抜け、心から打ち解けて笑い合ったその瞬間に自然と込み上げた気持ち。

徐々にどきどきさせられて、恥じらうような甘酸っぱい胸のときめきに困らされたのは、この感情があったからなのだと唐突に理解させられた。

「……リディア?」

フレデリックの頭をわしゃわしゃと撫でて褒めていたブレイクが、ふと気付く。

「あ、あの、私」

彼が、ゆるゆると目を見開く。そのアメシストの瞳に映っているリディアの顔は、真っ赤だった。気付いたみんなが、揃って静かに注目してくる。

（ああ、どうしよう）

胸の鼓動がますます速まって、声が震えそうになる。

（彼の声で腰が砕けそうになったのは、彼が気になる異性になっていたからみたい）

見つめ合うごとに、二人の眼差《まなざ》しが熱を持った。

「リディア――」

その時、「あっ、おやめくださいっ」と言ったジルベリックの声と共に、一人の中年学者が場の静寂を乱して走った。

中年学者は、ブレイクの存在など見えていないと言わんばかりに二人の間に割り込んだ。

リディアがびっくりしている間にも、彼はフレデリックの前で大袈裟《おおげさ》に膝《ひざ》を落とした。

「お、おおぉっ、この犬はまさに……！」

二人の間に、困惑の間が流れる。

「あの、学者様？　ひぇ」

「君！　こ、この犬はっ、絶滅したと思われていた〝雪山犬〟じゃないかね⁉　いったい誰の犬なんだ⁉」

その瞬間、ブレイクやジルベリック達、見ていた全員が揃ってリディアを指差した。

「素晴らしい！　ぜひ話を聞かせてくれ！　そして、私の話も聞いてくれっ！」

中年学者の後ろ襟《えり》を「おいコラ」と言って、ブレイクが掴んで引き離した。

「…………はい？」

リディアは、舌を出して小首を傾げたフレデリックと一緒に、そんな間の抜けた声を上げたのだった。

終章　任務の終わりには、ハッピーエンドを

ヴィレッツァ芸術館での二日目の芸術イベントは、予定されていた学者達の講演を近くの国立芸術館へと場所が移されて無事に終了したようだ。

増築されていた部分の館内の窓ガラスの破損や、煙幕の片付けなどは手の空いている者達総出で行った。

王都一の、生産者と呼ばれる魔力持ち人族の職人達が呼ばれて復旧も速《すみ》やかに完了した。

（どうりで、とても破壊のリスクが多いのに王都が綺麗《きれい》なわけね……）

持ちつ持たれつ、というやつなのだろうとリディアは思った。

三日目は問題なく開催されることが決まった。

兎《と》にも角《かく》にも、みんなの働きがあってこそだと夜には贅沢《ぜいたく》にも、ヴィレッツァ芸術館のホールで立食パーティーが開かれた。

身分に関係なく、館内の係員達も全員出席という太っ腹ぶりだ。

豪勢で美しい夕食の数々は、食欲をそそる品揃《しなぞろ》えだったが――遅れて出席したリディアは、少々気疲れ気味だった。

「ご苦労だったな。愛犬の話はどうだった？」

声をかけてきたジルベリックのそばには、同じく労《ねぎら》いを浮かべたブレイクの姿もあった。

「すごく色々と話されました……」

どうやらフレデリックは、大変貴重な犬だったらしい。

国内最大の体重をした山犬であり、名前は〝雪山犬〟。

一番知られている特徴は、山犬として知られている犬種の中でサイズがどこもかしこも最大であることだ。

体重通りのどっしりとした体格は、体全体がふわふわと弾力がある毛並みに覆われ手足が短く見える。白い身体《からだ》に、頭からグレーのコートを羽織ったような二重コート柄《がら》という珍しい色合も特徴だ。

もっとも力が強く、嗅覚《きゅうかく》と聴覚も優れて賢い犬だと昔の資料には残されていたらしい。

二十年前に姿をぱたりと見なくなったが、細々と生きていてくれていたのだろうと、学者達はフレデリックを取り囲んで本気で感動して泣いていた。

リディアは、不安になってフィッシャーに迎えに来てもらってフレデリックを預けた。

彼は『やっぱりただの犬じゃなかったんだ……』と、なぜか驚きではなく、安心したような吐息をもらしてそう感想を言っていたけれど。

「そんなすごい犬だったとはなぁ。まっ、とりあえずご苦労！」

ジルベリックが、後処理の協力に追われて制服もややくたびれていたが、それを感じさせせない溌剌《はつらつ》とした笑顔で言った。

「後日、フレデリックには褒美を与えるそうだからプレゼントを楽しみにしているといい。あとで蛇公爵様が、俺《おれ》達に労いのお言葉をくださるらしい。それまでは好きに飲み食いして、十分に疲れを癒《いや》してくれ」

「はい、ジルベリック団長」

そう答え、彼の姿が事件解決を喜ぶ人達の中に紛れていくのを見送った。

――ブレイクと二人で、だ。

彼が隣に並んだことを感じていたリディアは、意識した途端に心臓がドッとはねた。

彼のことが、好きになっていた。

されたキスと、婚約の申し込みのことも蘇《よみがえ》り勝手に慌てふためきそうになった。だが、先にブレイクが向こうを見た。

「これはこれは――ライル殿」

歩いてきたのは、日中にジークのそばで見かけた美しい銀髪の騎士だった。

「少しいいかな？　ジークがどうしても会わせたいと言って聞かなくて、今週のどこかに予定を組んでこいと――ああ、そこにいるのがリディア・コリンズ嬢ですか？」

ほんの少し首を傾《かし》げる仕草をして、彼がにこやかに微笑《ほほえ》みかけてくる。

絶世のイケメンだ。しかしリディアは優雅な優しいその笑顔にときめくどころか、口をぽかんと開けてしまった。

（騎士服で、ライル……この人が公爵邸の噴水から回収された騎士伯様？）

じっと見つめていると、ブレイクがさりげなく二人の間に立った。リディアを彼の視線から遠ざけつつ、紹介する。

「リディア、彼は蛇公爵様の騎士にして、幼馴染《おさななじみ》のライル・ユーニクス殿だ。僕達ビルスネイク自警騎士団と、蛇公爵様の取次になる人でもある」

「あっ、お、お初にお目にかかりますっ。補佐官のリディア・コリンズと申します。お会いできて光栄です」

じわじわと赤くなった顔を隠すため、リディアは頭を下げた。

ブレイクが、仮婚約者でもある新人補佐官だと改めて説明している。ライルが「そうかしこまらなくてもいいですよ」と優しく言ってくれているが、リディアはそうじゃないんですと心の中で答えながら胸を落ち着かせていた。

（うわぁぁあぁあっ、ブレイクが私を意識してくれているんだわ）

そっと目を上げ、相手の視線を遮ったブレイクの左肩を見た。

あれも、これも、意識してのことだったのだと今になって気付く。

たとえば騎士達と倉庫にいた時、それから木刀の素振りの時――彼が『全然意識してくれていないと実感した』と言ったのは、このことだったのだ。

（だって、だってて っ、彼にとってそういう対象だと思わなかったから……！）

どうやらライルの妻がリディアに興味を持ったらしい。ジークが先日『いつか』と言っていたが、早速愛犬と一緒に会う席を設けたいそうだ。

「リディア嬢には申し訳ないのですが、公爵邸へ呼び出される時にはよろしくお願いします」

「いえっ、私は大丈夫ですっ！」

話を振られて我に返り、リディアは慌ててまた頭を下げた。対面の予定を組むべく、ライルといったん歩いていくブレイクを彼女は見送った。

（……せ、赤面をこらえられている間に行ってくれて助かったああああっ）

リディアは両手で頬《ほお》を押さえる。

熱くて、首の後ろまで燃えるみたいで大変だ。こうなってしまうのも、理性では止められない感情が影響しているせいだろう。

（どうしよう。求婚の返事、いつすればいい？）

二人になれたと思ったら、ブレイクはまた行ってしまった。

タイミングが掴《つか》めるのだろうかと心配になる。

胸がずっとどきどきしているのは、初めて経験した事件への興奮やみんなでやり遂げた達成感だけではなく――ブレイクに対しての特別な感情を自覚してしまったからだ。

リディアは、ブレイクといる時間も好きだと一緒にいて改めて感じた。

話していると心地いいのに、いざ大切な話をしようとするとこんなにも動揺するとか、恋はなんて厄介《やっかい》なのか。

そもそも、好きになった、の告白に続く答えが、まだ定まっていない状況でもあった。

(これまでのことを振り返ると、私かなり失礼だったけど……求婚の申し込みに『うん』と答えていい、のよね……?)

ブレイクを意識しすぎて、考えるだけで頭の中が沸騰してしまう。

「うん、飲まないとやってられないわっ」

リディアはシャンパンを取り、くぴーっと飲んだ。

ほどよいアルコールは、清涼感が喉《のど》を通って広がっていく感じが心地いい。

その時だった。

「ここだけの話、ご注意くださいませ。ご活躍されたビルスネイク閣下の自警騎士団の副団長様は、冷たいお人だと言われているのをご存じないのですか?」

——は?

アルコールが身体に入ったと同時に、そんな言葉が聞こえて瞬間的に怒りが導火線に着火するのを感じた。『ここだけの話』と言ったのに、リディアがいるテーブルまで聞こえるところには悪意が受け取れる。

見てみると、そこには令嬢達が集まっているところがあった。

芸術イベントの出資関係者側の娘達だろう。十代後半がほとんどで、その一部に二十代前半とおぼしき令嬢達が存在感強めで居座っている。そのうちの一人は、エミリンド・ドワイ伯爵令嬢だ。

十代の令嬢達が祝いの場なのにと困り、戸惑っている。それを見た彼女は酔いも冷めたと言わんばかりに、けれどシャンパングラスを品よくテーブルに置く。

「マリーベル、おやめなさい。もう六年も前の話よ」

「どうして『もういい』などとおっしゃるんですかっ。エミリンド様は伯爵令嬢ですのに、あろうことか変な犬を連れた令嬢に求婚痣《あざ》を一番に贈るなんて……！」

「平気で約束をすぐ破って謝罪さえもしない傲慢《ごうまん》なところは、昔からきっと変わっていませんわっ！　ひどい話ですぅ！」

声は潜めているが、場を弁《わきま》えない話し方からするといくつか格下の令嬢そうだ。あれがアドリーヌが言っていた『熱心な取り巻き』という女性達だろう。

以前会った時と比べて、エミリンドはとても静かだった。リディアを匂《にお》わせる単語を聞いた際には少し身を案じる顔をし、ブレイクの悪口を聞いた時には切なそうに表情を歪《ゆが》めた。

「このような場で、おやめなさい」

もう話を聞きたくない顔だったが、その取り巻き達は気付かない様子だ。

（――よく知りもしない他人が、言うべきことじゃないでしょ）

以前、リディアはアドリーヌの時にもそうした。

けれど彼女よりいい家柄そうなのに、令嬢達はブレイクはひどい男だと言う。十代の令嬢達は強く同意を促され、困った末に話を合わせることにしたようだ。

「そう、ですわよね……都合上で一人仮婚約者を作っただけ、かも……？」

「わたくし達人族貴族とそう変わりありませんわ。お噂《うわさ》通りの冷たいお方、文句も言えない男爵令嬢に『つけさせろ』と強要したのかも――」

しかも人族貴族だった。

リディアは、獣人族の感覚も分からない自分と同じ立場だと考えた瞬間――祝いと労いの場なのに、切れてしまった。

「ブレイクはそんな人じゃないわよ！」

エミリンドがハッと目を上げた。振り返った二十代の令嬢達がギョッとして「コリンズ家の令嬢じゃないっ」「仮婚約者だわっ」とざわつく。

同じ人族貴族だ。正面に立ったリディアは、彼と過ごした日々を思い返しカッとなった。

「今度からブレイクに何か文句があるのなら私に言いなさい！　まとめて相手してあげるわ！」

「な、何よ、伯爵令嬢であるエミリンド様になんてことを――」

「自分の言葉には責任を持ちなさいな！　自分より格上を利用するなっ、そっちじゃなくて私は今、あんたに言ってるの！」

　リディアが詰め寄って胸元に指を突き立てると、見ていた令嬢達が「まぁっ」と品よく息を呑《の》む。エミリンドも口に手を添えて目を少し丸くしている。

　文句を言っていた令嬢達が顔を赤らめた。

「な、なんて田舎《いなか》臭い貴族令嬢なのっ」

「これでようやく話を聞いてくれるでしょ。私達は第三者なのよ、二人の問題に首を突っ込むのはいただけないと思うわ」

　周りの参加者達も、騒ぎに気付きだしてさりげなく様子をうかがっていた。

「それはブレイクの仮婚約者であったとしてもよ」

「じゃ、じゃあなんでわざわざ来てるのよっ」

「本人同士の真っ向からの一騎打ちじゃないから！　仮婚約者だから、勝手な第三者からの文句や彼への喧嘩《けんか》は私が買うと言ってるの！」

　リディアは袖をまくって腕を見せた。

　利き腕にある大きな求婚痣が晒《さら》された瞬間、令嬢達が目を剥《む》いた。それは周囲から好奇の目を向けて傍観していた者達も同じで「ごほっ」と咳《せ》き込む。

「まぁっ、その大きな求婚痣……」

「ごめんなさいエミリンド嬢、あなたは仮婚約の痣は見たくないですよね。お詫《わ》びいたします」

「い、いいえ、そうではなくて、今の——」

さっとリディアは袖を下ろす。それを唖然《あぜん》と眺めていた令嬢達が、毒気も抜かれたみたいにみんなで戸惑ったように顔を見合わせた。

「言っておくけど、私はみんなと仲良くしたいの」

「……は？」

「私、仮婚約者になって初めて出席したパーティーで、とある令嬢にライバル宣言されたのよね。でも言いたいことを言い合った結果、すっかり仲良くなったわ」

向き合ったリディアに対して、そこにいる全員が目を点にした。

「だからあなた達もっ、言いたいことがあるのなら正々堂々私に言いにきて！　そうしたらすっきりするし、お互い仲良くなれると思う！」

どーんっと告げたリディアに、エミリンドも令嬢達もぽかんと口を開けていた。

その時、後ろから笑い声が小さく上がった。

「ふっ、くくく」

振り返ると、そこにいたのはブレイクだった。リディアは見られていたのだと察して「あ」と声をもらした。

「ブ、ブレイク、これは、その……」

「君らしいな。ほんと怖いもの知らずだ」

どうやらライルとの打ち合わせは終わったらしい。向かってくる彼を見て、令嬢達が頬《ほお》を染め「あのブレイク様が笑ってらしているわ」と囁《ささや》き合う。

「な、何よ笑っちゃって。文句でもあるわけ？」

「いいや？　まるで僕への告白みたいに聞こえたぞ」

彼が美しい笑みを浮かべて見下ろしてくる。

リディアは、一瞬でぼふっと真《ま》っ赤《か》になった。そんなつもりはなかったのだが、思い返してみると『彼が好きです』と態度で言っているとも取れる行動だ。

（も、もしかして……バレた？　まさかよねっ？）

その時だった。ブレイクが片手を胸に当て、突然エミリンドに向かって深く頭を下げた。

「エミリンド嬢、六年前のことは本当にすまなかった。大人《おとな》になったところの君の特別な時に、僕が指名を受けたことで結果的に恥をかかせてしまった」

「なっ、ブレイク様……!?」

「詫びるべきだったのに、僕はあろうことか何も言わないまま去った。心より深くお詫び申し上げる。あの時に言えずすまなかった――僕は、成長変化を経たはずなのに求婚痣を刻めなかったんだ。君の手の甲に、つかなかった」

深い謝罪に注目を集めてしまっていたが、頭を起こしてもブレイクは引き続き真摯《しんし》に告げた。

エミリンドが固まる。その後ろで令嬢達が驚きの声をもらしていた。

「そう、でしたの……もう一つの〝ご事情〟のことも加わって、さぞ、つらかったと思います」

獣人族としては深く同情するものだったらしい。

エミリンドは案じつつ、少し悲し気な顔にまるで憑《つ》き物でも落ちたみたいな小さな微笑みを浮かべた。

「実のところ、罵《のの》りたくても向き合ってさえくださらなかったので、意識しているのだと勝手に期待していた時期もありましたわ。でも、本能を見せつけられては、残った小さな未練も消えるというものです」

「……すまなかった」

「いえ、わたくしが二つ目のご事情を変える存在ではなかったのが、何よりの答えでしょう。運命のお相手ではなかった――どうか、その出会いを大切になさって」

リディアは、微笑みかけられてどきっとした。

「おかげさまで吹っ切れましたし、ご縁があったジハール大国へ身を落ち着けることを真剣に考えてみたいと思いますわ」

令嬢達が「えっ！」と声を上げた。近くでいつの間にか立ち聞きしていた者達も、未公開だった縁談話に目を剥いた。

「ああ、もしやあの第四王子か」

「外交で頼んでもいないのにわたくしの手助けをしているお方ですわ」

リディアは、それが誰なのか分からなかった。エミリンドがとても優雅な所作で別れの一礼をし、ブレイクも紳士として最大の敬意を示してそれに返した。

ほんの少しの間、誰もが絵になる美しいその光景に見入っていた。

「行こう、リディア」

ブレイクに手を引かれ、リディアは歩きつつ離れていくエミリンドを気にした。

「……みんな見ていたわよ。求婚痣のこと、言ってしまってよかったの？」

「いいんだ。これで」

彼の横顔は穏やかで、どこかすっきりしていた。

彼が納得しているのならと思ったリディアは、ふと、あんな公開謝罪があったのにやけにみんなが自分に注目して、温かな目で見てくることに気付いた。

（……何かしら？）

そのまま手を引かれて会場を出た。

元の美しい展示状態に戻ったヴィレッツァ芸術館内は、眩《まぶ》しい明かりに照らされ、夜はもっと美しく見えた。

「どこへ行くの？」

ブレイクは階段を上がっていく。

「少しくらい二人で話したい。君と話せるところへ。……間もなく蛇公爵から召致がかかる」

事件を収束させた件だろう。また彼と二人になるタイミングが奪われそうだ。

そういうことならと、手を引かれている恥ずかしさをこらえて大人《おとな》しくついていく。

ブレイクは、二階の開かれた扉の中へと入っていった。

そこは展示品がなく、美しい調度品に囲まれた談話席がいくつも設けられていた。その一番近い一人掛けソファにリディアを座らせ、彼も手が届く範囲に腰かける。

「もう、僕の気持ちは知っていると思うが……君が、好きだ」

彼が指を少し絡めながら、頬を染めて切り出した。

リディアは顔が赤くなった。

「そ、それ、この前のプロポーズで知ったわよ。うん……」

「あれはプロポーズにはならないだろう。それから、言っておくが今のもそうだ」

何やらこだわりでもあるみたいだ。

「そうよね、今のところみんな気付いてもいないから」

「あー、その件なんだが、僕らがすんなり出られたのは察して、時間を作ってくれたからだ」

「はい？　どういうこと？」

ブレイクが下手《へた》な咳払《せきばら》いみたいな仕草で、視線をすいっとそらす。

「……求婚痣を見せただろう。あれを見たら、もう全員が僕の求婚を察している」

「どうして？」

「獣人族の求婚痣は、仮のものと正式な婚約で大きさが違う。めいっぱい噛《か》むのは……それほどに愛していると伝えるための僕ら獣人族の本能的な手段だ」

リディアは、かーっと耳まで真っ赤になった。

つまるところ彼は、すでに正式な求婚の証《あかし》をリディアにつけていたのだ。無自覚にも求愛した形なのだろうか。

「わ、私の行動って、もしかして自分から『すごく愛されてます』って見せつけただけじゃ……!?」

「まぁ……そうなるな。先にプロポーズされて、僕も出るに出られず」

プロポーズされて――そう彼に言い切られてリディアは言葉が詰まった。

（やっぱり、もうバレてる）

恥ずかしさで俯《うつむ》いた。ブレイクが、まだ視線を合わせられない様子で頬をかきながら言う。

「初めて会った王宮のパーティー、覚えているか？」

「も、もちろんよ。出会いが『噛みつき事件』で強烈だったもの」

「実を言うと、僕は、君にだけ反応した」

「は……？」

「君の姿に目を奪われて、誰だか知りたいと思って追いかけたら――愛犬の名前を意中の男だと勘違いして、気付いたら本能的に求愛して噛んでしまっていたんだ」

無自覚の一目惚《ぼ》れだった。

そう伝えられたと少し考えて分かって、リディアは言葉も出なくなってしまった。

ただ、真っ赤な顔でブレイクを見ていた。誰かに恋をされたのも、恋をしたのも初めてだった。事故ではなかったことに彼女の胸は薔薇《ばら》色に染まり、喜びで、全身が熱い。

「ところで、君の夢の話だ」

室内の置時計を見たブレイクが、調子を戻すように改まってそう告げた。

「永久就職はゆくゆく僕のところにして欲しいんだが、それよりも先に、君の夢を僕に叶《かな》えさせて欲しい」

「もしかして、それがあなたのプロポーズだったりする？」

赤面させられっぱなしが悔しくて口を挟んだら、彼が目の下を少し染めて「そうだ」と言った。

「リディア、一緒に暮らさないか？」

「え……？」

「結婚はまだ先にはなるが――フレデリックも伸び伸びと暮らせる広い家に、一緒に住もう。僕一人では広すぎる家なんだ」

ブレイクが、不器用な感じで照れながら微笑みかけてくる。

――愛犬と暮らし続ける〝夢〟。

『給料の二ヵ月目を受け取ったら、アパートメントを探す』

その最後の〝目標〟をようやく思い出したリディアは、胸が熱くなった。

彼が告げてくれた、彼がせいいっぱい考え続けていてくれたであろう『プロポーズ』の内容と言葉。

それは、リディアにとってとてつもなく素敵なプロポーズだった。

「ええ、嬉《うれ》しいわっ。ありがとうっ。ブレイク、私、あなたが好きよ！」

リディアは彼に飛びついた。びっくりしつつ受け止めたブレイクを抱き締めて、幸せに包まれ「ありがとう」「好き」と込み上げるまま何度も告げた。

「きっとフレデリックも喜ぶわ。私も、また、あなたと散歩が一緒にできたら、嬉しい」

恥ずかしがっていたブレイクも、次第に微笑んだ。

「そうか。プロポーズが成功して、何よりだ」

彼が最後まで不器用な感じで言うものだから、リディアは少し身体を離して彼と顔を見合わせ、それからやっぱり二人は幸せいっぱいに笑い合ったのだった。

あとがき

百門一新です、このたびは『黒馬獣人の最愛攻略事情』をお手に取って頂きまして誠にありがとうございます！

皆様の応援のおかげで獣人シリーズも十巻目となりました！　私も驚いております。デビュー当時からご一緒させていただいている担当編集様、今回も本当にありがとうございました！

そしてシリーズ最新刊を読んでくださった皆様に、心から感謝を申し上げます！

第二弾のコミカライズの連載もスタートした獣人シリーズ、その第十弾の最新作もお楽しみいただけていたらとても光栄です！

今回は、色気ダダ漏れの黒馬獣人と、大好きな愛犬とずっと一緒にいるため王都に来た人族令嬢のお話になります。

最高のイラストを描いてくださった春が野かおる先生、校正様、素晴らしいご本に仕上げてくださったデザイナー様や、一冊の本に仕上げるためこの作品に関わってくださった大勢のすべての皆様、本当にありがとうございました！

百門一新

IRIS ICHIJINSHA

黒馬獣人《くろうまじゅうじん》の最愛攻略事情《さいあいこうりゃくじじょう》
黒馬副団長《くろうまふくだんちょう》は、愛犬家令嬢《あいけんかれいじょう》をご所望《しょもう》です

2023年8月1日　初版発行

著　者■百門一新

発行者■野内雅宏

発行所■株式会社一迅社
〒160-0022
東京都新宿区新宿3-1-13
京王新宿追分ビル5F
電話03-5312-7432（編集）
電話03-5312-6150（販売）

発売元：株式会社講談社
（講談社・一迅社）

印刷所・製本■大日本印刷株式会社

ＤＴＰ■株式会社三協美術

装　幀■小沼早苗（Gibbon）

ISBN978-4-7580-9567-9

この本を読んでのご意見
ご感想などをお寄せください。

おたよりの宛て先

〒160-0022
東京都新宿区新宿3-1-13
京王新宿追分ビル5F
株式会社一迅社　ノベル編集部
百門一新《ももかどいっしん》 先生・春《はる》が野《の》かおる 先生